2015 오순도순공부방
이야기배틀 시즌9

나, 이런 사람이야

2015 오순도순 공부방
이야기배틀 시즌9

나, 이런 사람이야

더불어 사는 삶을 믿으며

해바라기(이혜정, 오순도순공부방 대표)

> 배운다는 것은 자기를 낮추는 것입니다.
> 가르친다는 것은 다만 희망에 대하여 이야기하는 것입니다.
> 사랑한다는 것은 두 사람이 서로 마주본다는 것이 아니라
> 같은 곳을 함께 바라본다는 것입니다.
> - 신영복 '더불어 한길' 중에서

매일 늦은 저녁, 중학생 저녁 수업을 끝내고 마무리하는 풍경에는 늘 활기가 넘친다. 아이들은 여자아이, 남자아이 할 것 없이 물 만난 고기처럼 공부방 안을 이리 뛰고 저리 뛰며 마냥 신바람이 난다. 너무 늦었다며 얼른 정리정돈하고 집에 가야지 하며 지켜보는 나도 어느새 훌쩍 커버린 아이들을 보며 덩달아 웃는다. 그저 어리다고 생각했던 아이들이 문득 든든한 큰 나무처럼 느껴지는 건 왜일까?

오순도순공부방에서는 중학생 아이들과 오랫동안 이야기배틀이라는 이야기 나눔 시간을 함께 해왔다. 아이들은 선생님, 또래친구들, 오빠, 언니 또는 형들과 그동안 살아오면서 기뻤던 일, 좋았던 일, 슬펐던 일, 힘들었던 일, 억울했던 일 등 수많은 이야기를 나누며 어느새 서로를 조금씩 알아가고 있었다.

왁자지껄 한바탕 소란스러웠던 아이들이 집으로 돌아가고도 여전히 아이들의 소리가 남아있는 것 같은 공부방에서 아이들의 글을 조심스레 하나하나 읽어 내려갔다. 평소에 친하지 않아 데면데면하고 어색한 사이였던 같은 반 친구가 슬쩍 책상 위에 올려놓아준 초코파이에 감동받아 핸드폰 배경화면에 올려두며 친구의 정을 오래오래 간직하고픈 아이, 조그마한 잘못으로 인해 부모님께 혼날까봐 그날이 무사히 지나가기를 소망하는 아이, 오순도순 친구들과 함께 하는 여행이 너무 좋은 아이…… 무수히 많은 이야기를 들여다보며 우리 아이들이 생각하는 소중한 것이 무엇인지 어렴풋이 알 수 있었다. 그동안 함께 애쓰며 지내온 시간이 새삼스럽게 고마웠다.

부모님이나 학교 선생님들한테는 차마 말하지 못했던 가슴 깊숙한 곳에서 옛 기억을 더듬으며 끄집어내는 이야기들은 우리 아이들의 진솔한 삶 그 자체였다. 그곳에는 아이들만의 세계가 오롯이 들어 있었으며 힘든 시간들을 스스로 견디며 단단하게 뿌리를 내리고 있었다. 그리고 그런 아이들 곁에는 늘 이 세상 무엇보다 소중한 친구들이 있었다.

"짜식들, 참 많이 컸구나!"

난 오늘도 아이들이 스스로를 지켜내는 삶을 소망한다. 또한 이 세상에서 정말 소중한 것이 무엇인지를 아는 사람들과 함께하는 건강한 삶을 믿는다. 우리 아이들이 언제 어디서든 당당하게 자신의 의견을 이야기하며 자신들을 필요로 하는 사람들과 더불어 한길에 서리라는 것을……

이야기가 넘쳐나는 시절을 보내기를

별 (김보희, 교사)

아이들의 이야기를 모은 책이 출간된다는 소식을 듣고 매우 기뻤다. 마땅히 축하해야 하지만 글을 쓰자니 쉽지 않다. 평소 글 쓰는 것을 좋아하기는 해도 오로지 혼자 생각을 끄적일 뿐 생각하는 것을 글로 표현해내기가 어려워 답답함을 느낄 때가 많기 때문이다. 그래서 자신의 이야기를 하고, 다른 친구의 이야기도 들어보며 자신의 생각을 글로 표현해보는 '이야기배틀'의 중등부 친구들이 부럽기까지 했었다.

편집회의 때, 그동안 아이들이 작성한 글을 읽어보았다. 아이들 솜씨가 나보다도 훨씬 낫다. 감탄이 절로 나왔다. 잘 알지 못했던 아이들의 일상, 그들이 겪었던 일, 말로는 잘 표현하지 않는 깊은 속마음을 알게 되었다. 재미도 있었지만 새삼 아이들이 더 가깝게 느껴지며 뭉클하였다. 또 한편으로 '평소에 아이들과 이야기를 많이 나누

7

지 못했구나' 싶은 반성의 마음도 들었다.

이야기배틀을 재미없는 시간으로 느낄 때도 분명 있겠지만 이러한 시간이 건강한 마음을 가지고 성장하는데 소중한 밑거름이 될 것이라 생각한다. 조금 더 즐거운 마음으로 많은 것을 나누고 소통하며 의미 있는 시간을 보내기를 바란다. 다양한 경험을 하고 매 순간을 즐기며, 함께 이야기를 나눌 때 하고 싶은 이야기가 넘쳐나는 빛나는 학창시절을 보낼 수 있기를 바란다. 늘 건강하고 씩씩하게 재미있게 지낼 수 있기를 응원한다.

서로를 더 잘 알게 된 자리
- 이야기배틀 시즌9를 마치며 -

목련 (이혜란, 지도교사)

이야기배틀이라는 이름으로 중학생 아이들과 이야기를 하는 프로그램을 시작해서 7년이 되었다. 새 학기가 되면 초등학생이었던 아이들이 중학생이 되어 이야기꾼으로 합류한다. 중학생이라 해도 갓 진학해서는 초등학생티를 벗지 못해 2, 3학년 선배들 얼굴도 잘 쳐다보지 못하고 어색해하고 어려워하며 '할 얘기 없는데요.' 하던 아이들이 시간이 지나면서 조금씩 입을 열고 속마음을 표현하는 모습을 보면 참 신기하기도 하고 대견하기도 하다.

자기 이야기를 하는 것은 어른이고 아이들이고 쉽지는 않은 것 같다. 하물며 '나 지금 사춘기에요'라고 온 몸으로 말하고 있는 중학생들에게 어른이고 선생인 사람들이 이야기를 하자고 하니 참 고역일 수도 있겠다. 그래도 이야기를 해야 자신도 남도 어떤 상태인지 알 수 있으니 하면서 재미를 찾는 수밖에 없잖은가.

그 동안 이야기수업을 재미있게 할 수 있는 여러 가지 방법들을 고민하고 아이들 의견도 물어가며 여러 가지를 시도하였다. 노래를 함께 듣고 이야기하기도 하고 그림이나 사진을 이용하기도 하고 DJ와 게스트가 대화를 하는 것처럼 상황극을 해보기도 하고 춘향을 소리 내어 읽고 아이들이 극 대본을 써서 녹음해 소리극을 만들어 보기도 했었다. 올 한해는 학년 초에 좋았던 일, 슬펐던 일, 보고 싶은 사람, 고마웠던 일, 하고 싶은 일등 아이들과 하고 싶은 이야기 리스트 20개를 만들어서 이야기도 하고 글도 썼다.

이야기를 하다가 함께 웃기도하고 딴 짓 하거나 장난치다가 혼나기도 하고 아이들만의 비밀이었던 예쁜 사랑이야기가 밝혀지기도 하고 선생님을 감쪽같이 속여 넘겼던 이야기를 하면서 자기들끼리 신나하기도 했다. 고생하시는 부모님 이야기, 돌아가신 할아버지 이야기, 외롭고 서운했던 이야기에 울먹이는 아이의 속 깊은 마음을 알게도 되었다.

아이들의 이야기를 듣다보면 살아온 날이 많으니 기억나는 일도 많고 어른이라고 해주고 싶은 말도 많아 자꾸 끼어들다가 '선생님 아까 얘기 하셨잖아요!' 지청구를 듣기도 일쑤였다. 하지 말아야지 다짐을 해도 아이들과 나누고 싶은 이야기도 많고 들려주고 싶은 이야기도 너무너무 많아 어느새 또 참지 못하고 끼어들고 있으니 참 병인 것 같다.

그동안 많은 아이들이 이야기 수업을 함께 하다가 고등학교에 진학하면서 공부방을 떠났다. 공부방을 졸업하고도 고등학생이 되어, 군인 또는 직장인이 되어 공부방에 찾아오는 아이들을 보면 힘든 환경 속에서도 자기 몫을 잘 하고 있는 것 같아 참 고맙고 대견하다.

그리고 함께 수업하며 이야기와 글을 지도해주시고 때때로 아이들이 좋아하는 간식을 한 보따리씩 챙겨주시는 보리(윤진현)선생님. 오랫동안 함께 해 주시다가 지금은 아이들과 놀이로 만나고 계시는 여백(전철원)선생님, 두 분 선생님께 이 자리를 빌어 감사의 말씀을 전한다.

목차

이야기배틀을 마치며

1회

나의 이름

2015. 6. 15

나의 이름

스레쉬

    나의 초등학교 때의 별명은 고추, 고릴라, 고구마, 고자 등 '고'라는 글자가 들어가면 모두 내 별명이었다.

    '고릴라'라고 불렸을 때였다. 나는 친구와 별명 때문에 '고릴라 주먹 맛 좀 볼래?'하고 시비가 붙여 싸웠다. 기분 이 좀 안 좋았다. 그러나 나는 맛있는 밥을 먹으면 기분이 금방 좋아진다. 그때도 맛있는 밥을 먹었고 기분이 좋아 진 나는 싸운 친구와 화해를 했다.

나의 이름

김지민

　나의 별명은 김치, 김치밀, 김지, 지만, 김치찌개 등 여러 개가 있다. 이 별명들을 왜 가지게 되었는지 모르겠다. 아마도 내 이름에서 떠오르는 단어, 생각 등을 그냥 붙인 것 같다. 어느 순간부터 아이들은 자연스럽게 나를 별명으로 불렀다. 별명이 하도 많으니 이름보다 별명으로 많이 불린 것 같다.

　그냥 나의 이름으로 나를 불러주었으면 좋겠다.

나의 이름

김다은

초등학교 6학년 때 나의 별명은 흑형·흑누나였다. 나의 피부가 까맣기 때문이다. 6학년 때는 선크림을 바르지 않아서 지금보다 더 까맸었다.

그때는 그 별명이 맘에 안 들었지만 지금 생각하면 재미있는 추억이다. 가끔 그리울 때도 있다.

나의 이름

신회장

　나는 '황금똥' 클럽의 '황'이다. 이 별명이 생긴 것은 5학년 때였다. 유빈이와 예순이와 치과를 가는 길이었다. 유빈이가 나와 예순이에게 형아, 형아 하다가 셋이 형제 클럽을 만들기로 했다. 유빈이가 막내 똥이, 예순이가 둘째 금이, 내가 첫째 황이로 순서대로 해서 '황금똥'이다. 지금도 예순이가 나에게 형이라고 부르는 것도 이것 때문이다.

나의 이름

김예린

6학년 때 친구들과 재미삼아 이름 첫글자 뒤에 '순, 돌, 팔' 등과 같은 글자를 붙여 별명을 만들었다. 나의 이름은 예닭, 예순 등이 되었다. 효진이라는 친구는 효돌, 동수는 동팔, 형도 서팔이라고 부르곤 했다. 그리고 나는 아직도 가끔(?) 예순이라는 말을 듣는다.

처음에 '예순'이라 짓고 불릴 땐 좀 싫었는데 지금은 참 좋다. 그리고 나에게 '예순'이란 별명을 지어준 친구들에게 고맙다.

나의 이름

색시맨

초등학교 1학년 입학하던 날, 나는 어떤 친구와 맞짱을 떴다. 이유는 기억나지 않지만 그렇게 맞짱을 뜨고 나서 다음날 바로 청천동으로 이사를 하게 되었다. 그런데 산 곡북초등학교 옮겨 입학하면서 그날 또 맞짱을 떴다. 그 때부터 나를 학교 전교생이 인천 불주먹이라고 불렀다.

나의 이름

김희원

나의 별명은 '기미'이다. 이런 별명이 붙게 된 이유는 박소연이란 친구가 핸드폰에 '기미 얼굴엔 기미가 많아'라고 나를 저장했기 때문이다. 다른 친구들이 이것을 보고 덩달아 나를 기미라고 저장하고 기미라고 불렀다.

그러나 나는 친구들이 이렇게 '기미'라고 부르지 않았으면 좋겠다.

나의 이름

장민재

　나는 어릴 때부터 형보다 키가 많이 작았다. 형은 땅딸이, 꼬마, 꼬맹이, 땅꼬마, 키작은 놈 등 나의 작은 키를 놀려대는 별명을 지어 불렀다. 최근에는 "내가 너 나이 때는 키가 172였다."고 놀려댄다. 정말 짜증스럽다.

나의 이름

김하빈

　나의 별명은 맹꽁이었다. 이 별명이 생긴 이유는 선생님께서 맹하고 띨하다며 붙여준 것이었다. 나는 이 별명이 듣기 싫었으나 한동안은 참고 들었다. 그러나 어느 날 몹시 듣기가 싫어서 shotgun-책상을 강하게 내려치는 것을 하면서 맹꽁이라는 별명이 듣기 싫다는 의사 표현을 하였다. 그러자 선생님은 미안하다며 듣기 싫으면 그렇게 부르지 않겠다고 하였다. 그 이후로는 한 번도 맹꽁이라는 별명은 듣지 않았다.

2회

나의 가족

2015. 7. 13

나의 가족

김지민

우리 엄마는 사소한 일로 화를 내시고 또 금방 화를 푸신다.

사소한 일로 내가 엄마와 다투면 엄마는 꼴도 보기 싫다며 방에 들어가라고 하신다. 그래서 내가 방에 들어가면 조금 시간이 지난 후 내가 있는 방에 들어와서 "지민아, 엄마는⋯." 하시면서 차분히 말씀하신다. 나는 엄마 말씀을 가만히 듣다가 대답을 한다.

우리 모녀는 이렇게 화해를 한다. 나는 이럴 때 엄마가 고맙다. 나는 잘 다가가는 성격이 아니어서 속으로 죄송해도 죄송하다는 말을 잘 하지 못한다. 엄마도 이를 잘 아시고 먼저 다가오시는 것 같다. 엄마가 자주 짜증을 내는 것이 싫기는 하지만 이렇게 먼저 손을 내밀어 주시는 것은 정말 좋다.

나의 가족

김다은

　나는 우리 엄마를 소개할 것이다.

　우리 엄마는 힘도 세고 요리도 잘한다. 하지만 잘못한 것을 혼낼 때는 정말 무섭다. 긴장이 되어서 몸이 부들부들 떨린다. 어느 날 나는 TV를 보다가 볼 것도 없고 심심해서 엄마에게 볼을 때려봐 달라고 했다. 나는 잘못해서 때리는 것이 아니니까 장난으로 살짝 때릴 줄 알았다. 그러나 진짜 아프게 때렸다. 나는 몹시 당황했다. 매에는 장난이 없는 것이다.

　우린 이렇게 재밌게 노는 모녀지간이다.

나의 가족

김희원

나는 우리 엄마를 소개하려 한다. 엄마는 잘 챙겨주지 않는 척하면서 해달라는 것을 최대한 해주려 한다.

아주 어렸을 때 있었던 일이다. 난 졸린데 엄마가 재워 주지 않아 나 혼자 가슴을 토닥이면서 눈을 감고 자려고 했다.

그 모습을 본 엄마는 얼른 와서 나를 안아서 재워 주었다. 가슴이 뭉클하였다.

나의 가족

색시맨

누나가 내 방에서 만화 재방송을 보고 있었다. 재방송을 보는 건 상관 없지만 누나가 내 방에 있는 것이 싫어서 TV를 끄고 나가라고 했다. 그런데 누나 옆에 초코빵이 있었다. 나는 그것이 먹고 싶어서 달라고 했는데 안 줘서 누나한테 욕을 하고 애들이랑 놀러갔다.

나의 가족

김하빈

우리 가족은 엄마, 아빠, 동생 2명과 내가 있다. 또한 친척도 많다. 우리 가족은 조마루감자탕에서 함께 만나 술을 마시며 담소를 나누곤 한다. 이럴 때 보면 꼭 사이좋은 가족의 표본 같다.

그런데 그럴 때 꼭 자리에 없는 서울 사는 친척들을 디스하신다. 그러다 다른 가족이 빠지면 또 그쪽 가족이 뭐 했니 하시며 그 가족을 디스하신다. 그러시곤 나중에 꼭 싸운다. 그럼 그 불똥은 결국 우리 아이들에게 튀고 우리는 화풀이의 대상이 된다. 재미있게 얘기하다가 싸우는 것도 이상하지만 싸울 때 싸우더라도 아이들에게 화풀이는 안했으면 좋겠다.

물론 가족이 화기애애하게 이야기할 때는 아주 좋다.

나의 가족

배선희

나에게는 3살짜리 남동생이 있다. 동생은 배가 고프면 운다.

놀고 있다가 갑자기 울면 어머니께서는 젖병을 들고 와 동생에게 먹인다. 먹을 때는 울음을 그치지만 다 먹고 또 울면 어머니는 또 젖병을 물린다. 다 먹고 배가 부르면 그때에야 다시 나와 논다. 배가 부를 때 동생은 나에게 맞아도 울지 않는다. 동생이 울 때는 배가 고플 때뿐이다.

한 번은 놀다가 장난삼아 동생을 때렸는데 동생이 갑자기 울기 시작했다. 나는 깜짝 놀랐다. 그런데 동생이 일어나 어머니께 가니까 어머니는 젖병을 물려주었다. 그랬더니 울음을 그치고 젖을 먹기 시작했다. 아파서 운 것이 아니라 마침 배가 고팠던 것 같다.

내 동생은 정말 먹보다.

나의 가족

김예린

　내 동생은 정말 씻지 않았다. 엄마, 아빠가 아무리 씻으라고 말씀해도 절대 말을 듣는 일 없이 그냥 자던 동생이 달라졌다!

　4일에 한 번 쯤 감던 머리를 하루에 3번씩 감기도 하고 안하던 샤워도 하루에 2번씩 한다. 그래서 내가 동생에게 왜 이렇게 달라진 거냐고 묻자 "친구들은 다 이렇게 씻는대."라고 대답하였다.

　엄마, 아빠는 그렇게 달라진 동생의 모습을 보시고는 여자친구가 생긴 거 아니냐면서 웃으셨다. 동생이 앞으로도 제발 이렇게 쭉 잘 씻었으면 좋겠다.

나의 가족

신희장

오늘은 내 동생에 관한 이야기이다.

평소에 신동윤은 격투기, 복싱 같은 것을 좋아하고 남성스러운 것들만 고집한다. 그런데 얼마 전 이상한 것을 발견했다. 신동윤이 예쁘고 화려한 핫핑크 핸드폰케이스를 끼고 있었다. 왜 그런 걸 끼고 있냐고 하니까 생일선물로 스스로 고른 것이라 하였다.

정말 웃기고 어이없었지만 남성적이라는 것이 예쁜 것을 싫어하는 것은 아닐 수도 있겠다는 생각도 든다.

나의 가족

장민재

나는 우리형을 소개하려 한다.

우리형은 4~5년 전만 해도 귀찮아하면서 밖에도 잘 안 나가던 사람이었다. 하지만 고등학교 입학 이후로 주말에 잘 나가서 놀고 성격이 온화해졌다. 그래서 나는 주말에 자유롭게 되어서 좋다. 앞으로 쭉 이랬으면 좋겠다.

나의 좋은 친구

2015. 7. 27

나의 좋은 친구

색시맨

나는 1학년 때 신유선과 같은 반이었고 공부방도 같이 다녔다. 그래서 무척 친해졌다. 매일 같이 놀고 학교 끝나면 같이 공부방 가고 하루의 1/2 이상을 유선이랑 같이 있었고 가끔씩 유선이네 집에서도 자고 유선이가 우리집 와서 자고 그러면서 더 친해졌다.

지금은 공부방은 같이 안 다니지만 학교도 같이 가고 학교에서도 같이 놀고 학교 끝나고도 거의 맨날 같이 논다.

나의 좋은 친구

배선희

고민을 잘 들어주는 박우담이란 언니가 있다. 나이는 나보다 1살 많다. 그 언니가 좋은 친구인 이유는 고민상담을 잘 해주기 때문이다. 물론 그 언니도 자신의 고민을 잘 이야기하기도 한다. 우리는 서로 고민을 나누는 사이인 것이다.

어느 날 나는 친구와 싸우고 그 일을 언니에게 이야기했다. 언니는 내 잘못이라며 이유를 알려주고 어떻게 해결해야 하는지도 알려주었다. 나는 정말 좋았다. 무조건 '그 애 잘못이네'라고 말하는 친구보다 나의 잘잘못을 객관적으로 공평하게 판단해주고 해결책도 알려주는 언니가 가장 좋은 친구라고 생각한다.

나의 좋은 친구

김하빈

내 친구 중에 권순욱이라는 리더십이 강한 친구가 있다. 이 친구는 운동도 잘하고 공부도 잘하는 데다 인성이 좋아서 지금 회장이다. 저번에는 부평중학교 애들과 패싸움을 벌여서 내 팔이 찢어졌는데 그 친구가 와서 모든 싸움을 정리하고 갔다. 또한 그 친구는 내게 공부법, 예의, 운동요령 등 여러 가지로 알려주는 게 많다. 참 고마운 친구이다.

나의 좋은 친구

장민재

초등학교 6학년 때부터 알던 유재민이란 친구가 있다. 나는 이 친구가 친구로서 아주 좋은 애라고 생각한다. 우선 이 친구는 친구들과 잘 어울리고 항상 밝고 재미있기 때문에 함께 있으면 즐겁다. 그리고 장난을 쳐도 대단히 잘 받아준다. 좋은 친구이다.

나의 좋은 친구

신회장

초등학생 때부터 알고 지낸 정세온이란 남자애가 있다. 정세온은 남자애들과 어울려 놀 때보다 우리랑 같이 수다 떠는 게 더 어울리고 익숙한 친구이다. 그 친구에게는 배추라는 별명이 있다. 6학년 어느 날 정세온이 파마를 하고 왔다. 그 머리가 꼭 배추 같아서 내가 지어주었다.

그런데 오늘 우연히 그 친구를 보았다. 중학교 들어가서 머리가 바뀌어 있었다. 배추가 보고 싶고 그립다 하니 겨울방학 때 만나면 하고 오겠다고 하였다. 빨리 배추가 보고 싶다.

나의 좋은 친구

김지민

　나에게는 4학년 때부터 친한 친구가 있다. 이 친구의 이름은 서윤인데 별명이 핑크소세지이다. 왜냐하면 TV 프로그램에서 친구를 닮은 사람의 별명이 핑크소세지이기 때문이었다.

　4학년 때였다. 영어마을을 일주일 동안 하루에 3시간씩 왔다갔다하며 수업을 했다. 첫날 친한 친구들에게 영어마을을 가냐고 전화로 물어보았다. 하지만 친한 친구들은 아무도 가지 않고 얼굴과 이름만 아는 서윤이가 내가 아는 유일한 사람이었다. 서윤이도 마찬가지였다. 하는 수 없이 우리는 매일 같이 버스를 타고 갔다. 그때는 2G폰이라 휴대폰으로 놀 것이 별로 없었다. 내 번호로 문자를 보내면 이미지와 음악이 랜덤으로 오는 것이 있었다. 서로 온 이미지와 음악을 보여주며 놀았다. 매일 문자를 보내며 놀다보니 급속도로 친해졌다.

나의 좋은 친구

현재까지 많은 트러블이 있었지만 대화로 트러블을 극복했다. 예전부터 계속 어른이 될 때까지 연락 끊지 말고 잘 지내고 어렸을 때 이야기하며 지내자고 약속했다. 그래서 아직도 연락을 잘하고 있다. 특별한 사건이 있었던 것은 아니지만 좋은 친구라고 하니 항상 내 옆에 있는 서윤이가 생각났다.

나의 좋은 친구

김예린

　나와 정말 가장 오래된 친구가 있다. 이름은 홍예나이다.
　어렸을 때는 집도 정말 가깝고 다니는 교회도 같아서
거의 매일 만나 놀았었다. 그런데 초등학교 가기 전에 그
친구가 평택으로 이사를 가게 되었다. 그래서 지금은 1년
에 2~3번씩 가족들과 함께 만날 수 있다.
　그래도 가장 오래된 친구라 그런지 편하고 참 좋다.

나의 좋은 친구

김희원

　나의 좋은 친구는 '고아라'이다. '고아라'는 중학교에 와서 사귄 친구이다. 아라는 운동도 잘하고 공부도 잘한다. 요리는 못하지만 열심히 한다. 무엇이든 노력하는 친구이다.

　아라는 처음에는 내가 무서웠다고 한다. 그러나 지금은 아주 친해서 나와 항상 함께 다니고 내 부탁도 잘 들어준다.

나의 좋은 친구

김다은

난 서제인이란 친구를 소개할 것이다. 이 친구와 나는 남들이 보기에는 싸움처럼 과격하게 보이지만 아주 재미있게 놀고 인사한다.

6학년 어느 날, 점토만들기가 유행했을 때였다. 집에 있는 물감들과 립밤을 가져와서 섞고 놀다가 어느새 장난으로 이어져 서로 묻히고 칠하며 놀았다. 마지막에는 서로 물로 닦아주며 훈훈하게 끝냈다.

그리고 제인이와 나는 만나면 특이하게도 멱살을 잡고 인사한다. 중학교 올라와서 다른 반이 되었지만 우린 만나면 항상 멱살을 잡고 인사하고 헤어진다. 이 친구는 참 재밌는 친구다.

나의 좋은 친구

최고

나의 좋은 친구는 정준혁이다. 성격은 하빈이와 비슷한 데 하빈이보다 약간 착하다. 항상 필요할 때 도움을 준다.

버스비가 없을 때 돈을 빌려주기도 했었다. 저번에는 어떤 일 때문에 모르는 사람과 싸우는데 상대방이 선배를 부르길래 우리도 부를까하다 그냥 수준 떨어져서 안 불렀었다. 나중에 준혁이가 그런 상황이 생기면 말하라고 하였다. 든든한 친구이다.

4회

그런 사람 정말 싫어!

2015. 8. 24

그런 사람 정말 싫어!

장민재

같이 있던 사람들을 따돌리고 떠나는 것을 '떨군다'고 한다. 나는 이렇게 사람을 떨구는 사람이 싫다.

이런 행동을 하는 친구가 하나 있다. 여러 친구들과 놀 때였다. 한 친구가 늦거나 자리를 비우면 바로 버리자고 하면서 떨구고 가는 것이다. 처음에는 생각없이 휩쓸려서 함께 자리를 떴는데 그 버려진 친구가 너무 불쌍해 보였다.

그래서 우리가 역으로 그 친구를 떨구고 숨었다. 그만 들켜버렸고 역으로 떨구는 것은 실패하였다. 그러나 요즘은 버리자고 해도 버리지 않는다.

그런 사람 정말 싫어!

최고

난 거짓말하는 사람이 가장 싫다.

여름방학에 하빈이가 제닉스(PC방)로 오기로 했다. 근데 30분 가량 게임을 하면서 기다려도 오지 않았다.

그런데 게임하며 게임친구창을 보니 하빈이가 진영이 형이랑 게임을 하고 있었다. 나는 하빈이가 말로만 온다고 한 것이고 결국은 오지 않을 것을 깨달았다. 다음 날, 공부방에서 하빈이를 만났다. 쉬는 시간이 끝난 후 하빈이를 때려주었다.

그런 사람 정말 싫어!

김하빈

2015년 여름날이었다.

나는 최고를 만나려고 연락을 했다 그런데 최고가 돈이 없다고 PC방 요금을 내주면 오겠다고 했다. 나는 흔쾌히 승낙하며 만나기로 약속했다.

그런데 나는 최고를 안 만났다. 다른 곳에서 게임을 하고 있는데 최고가 게임메신저로 연락을 했다. 나는 간다고 했는데 또 가지 않았다.

굶겨주려는 마음에 약속을 어긴 것이지만 그렇게 약속을 어긴 것은 잘못이다.

그런 사람 정말 싫어!

김다은

나는 그만하라는 행동을 반복하는 사람이 싫다. 어느 날 한 친구에게 게임톡이 왔다. 나는 다음날 그 친구를 보고 게임톡을 보내지 말라고 했다. 친구는 알았다고 했다. 그런데 또 게임톡이 왔다. 그래서 또다시 그만 보내라고 말했는데 계속 보냈다. 까먹었다고 했다.

그러던 중에 나는 핸드폰을 바꾸게 되었다. 핸드폰이 바뀌었으니 게임톡이 오지 않을 것이라 생각했다. 성가신 게임톡이 오지 않을 것을 생각하니 무척 기뻤다. 그런데 톡이 왔다. 보았더니 게임톡이였다. 깜짝 놀랐고 짜증이 났다.

난 지금에서야 알았다. 내 핸드폰에 새로 전화번호를 저장하지 않아 그 사람이 없어도 그 사람의 핸드폰에는 내 번호가 있어 계속 게임톡을 보낼 수 있다는 것을.

그런 사람 정말 싫어!

김희원

나는 자기가 할일을 남한테 시키는 사람이 싫다.

다른 반의 한 친구가 있다. 영어문장 쓰는 것을 자신이 해야 하는 것인데, 귀찮다는 이유로 남한테 시키고서는 자꾸 우리 반에 왔다. 내가 왜 남에게 자신의 일을 시키느냐 따지니까 뻔뻔하게 얘가 해준다는데 왜 네가 흥분하고 나서냐면서 오히려 나한테 뭐라고 한다.

때문에 그 아이와 사이가 나빠졌지만 영어문장 써달라는 이유로 우리 반에 더이상 오지는 않는다.

그런 사람 정말 싫어!

김예린

    나는 자기만 생각하는 이기적인 사람이 정말 싫다.

    몇 달 전, 학교에서 부평아트센터로 낭독공연을 보러 갔었다. 조별로 이동을 해 부평아트센터에서 만나는 것이었다. 우리 조는 나를 포함해 6명이었다. 그런데 어떤 친구가 6교시에 체육이 들었다는 걸 몰라서 맨발에 샌들을 신고 왔다고 다시 집에 가서 갈아 신어야겠다고 우겼다. 결국 우리는 3명씩 두 팀으로 나눠 가기로 했고 나와 그 애와 또 다른 친구는 그 애의 집까지 가서 그 애가 신발을 신고 나올 때까지 기다렸다. 그러다보니 공연시작이 얼마 남지 않아 급하게 그 애 집부터 택시를 타야 했다. 부평아트센터까지 택시로 가느라 요금도 정말 많이 나왔다. 그러나 택시요금 6,000원도 셋이 똑같이 나눠 냈다. 다시 학교로 올 때 택시요금 6,000원 중 반은 그 애가 냈지만 그 정도로는 화가 난 마음이 풀리지 않았다.

그런 사람 정말 싫어!

자신 때문에 돈도 더 쓰고 시간도 많이 쓰며 애태웠는데 미안하단 말도 없었다. 너무한 것 같다.

그런 사람 정말 싫어!

신서원

8월 20일 개학 하루 전날이었다. 예순이랑 세림병원으로 건강검진을 받으러 가기 위해 586번 버스를 탔다. 예순이가 맨 뒷자리 맨 끝에 먼저 자리를 잡고 나도 뒤따라가서 예순이 옆에 앉으려고 했다. 그런데 앉을 때 버스가 흔들리는 바람에 조금 시끄럽게 착석했다. 버스에 흔들려 놀라기도 해서 나는 잠깐 멍하니 앉아있었는데 옆옆 자리에 앉아계시던 아주머니가 내 어깨를 툭툭 쳤다. 나는 '뭐지?'하고 옆을 봤다.

그런데 그 아주머니가 갑자기 "닥쳐!"라고 했다. 나는 나의 귀가 의심스러워 잘못 들은 줄 알고 "네?"하고 되물었더니 다시 "닥치라고!" 말하였다. 나는 정말 크게 당황했고 무섭기도 해서 "네."하고 조용히 갔다.

처음 다소 시끄럽게 착석한 것은 사실이라고 해도 계속 떠들고 간 것도 아닌데 처음 보는 사람한테 '조용히

그런 사람 정말 싫어!

해달라'고 좋게 말해도 될 것을 다짜고짜 닥치라고 하는
것은 참 무례한 일이다.

　나는 이렇게 무섭고 예의 없는 사람이 싫다.

그런 사람 정말 싫어!

김지민

　나는 단합이 안 되어서 다른 사람들에게 피해를 주는 사람이 제일 싫다.

　2학년 올라와서 체육대회가 있었다. 상금이 걸려 있어 아이들 모두 1등 의욕을 불태웠다. 연습을 하는데 다른 사람 말도 안 듣고 자기들끼리만 얘기하는 친구들이 있었다. 1학년 때는 이런 친구가 없었기 때문에 당혹스러웠다. 내가 친구들이랑 가서 협조 좀 하라고 말을 했지만 듣는 둥 마는 둥 무시했다. 그래서 감정이 상했지만 그래도 점심시간에 다시 반 아이들과 연습을 하기로 했다. 그런데 그 친구들은 이번에도 밥도 늦게 먹고 점심시간이 끝나기 10분 전에 실내화를 신고 나와서는 신발이 아니라고 연습을 할 수 없다고 했다.

　나는 "연습하러 나왔으면 신발을 가져와야지 왜 실내화를 신고 나와서 못한다고 그러냐."고 따졌다. 그러나 이

그런 사람 정말 싫어!

친구들은 별로 미안한 기색도 없어서 더 화가 났다. 이때 이 친구들을 10명 넘게 기다리고 있었고 그 친구들이 잘하지도 못했다. 그러나 이 친구들은 별로 미안한 기색도 없어서 더 화가 났다.

그 이후로도 여러 자잘한 충돌이 있었다. 겨우 해결하며 연습을 했고 우리는 1등을 했다. 이 친구들은 시작할 때도 화장실 간다면서 자리를 비웠다가 시작 직전에 왔었다.

마지막에 또 다른 사람에게 피해를 주는 이 아이들이 마음에 안 들었다. 1등을 못했으면 그 친구들한테 크게 화를 냈을 것 같다. 하기 싫은 건 이해는 하나 자기만 싫은 것도 아니고 다른 아이들도 참고 하는데 너무 티를 낸 것 같다.

그런 사람 정말 싫어!

김진영

나는 동물학대하는 사람이 싫다.

초딩 때였다. 한 친구가 고양이를 옥상에서 던진 다음에 돌로 고양이를 맞추기까지 했다는 말을 들었다. 그 고양이는 다리를 절룩거리면서 도망을 갔다고 들은 것 같다. 나는 그 생각만 나면 짜증이 나고 친구를 때려주고 싶다는 생각이 든다. 만약 그런 상황을 다시 본다면 하지 말라 그러고 고양이를 풀어줄 것 같다.

5회

보고 싶은 친척
/ 우리학교 비밀장소

2015. 9. 7

보고싶은 친척

김희원

 나는 1년 전에 태어난 민욱이가 보고 싶다.

 민욱이는 만나서 하루 함께 놀고 나면 친해져서 갈 때 떨어지기 싫다고 운다. 그런데 다음에 또 만나면 처음 보는 사람모양 낯을 가리고 운다. 그렇지만 또 놀아주고 먹을 거 먹여주면 빙그르 웃는다. 그래도 처음보다는 낯을 덜 가리고 더 빨리 친해지는 것 같다.

보고싶은 친척

장민재

나에게는 보고 싶은 친척이 있다. 사촌동생들 중 올해 4살인 아기이다. 그 아기는 우리집에서 약 2년 동안 함께 살았다. 함께 살 때는 모든 것이 귀찮았다. 게임을 할 때 성가시게 한 것이 한두 번이 아니다. 그러나 지금은 그렇게 게임할 때 방해한 것까지 모든 것이 그립다.

보고싶은 친척

김다롱

　나는 이모부가 매우 보고 싶다. 전에는 내가 낯을 많이 가려서 이모부가 특별히 보고 싶은 일이 없었는데 내가 낯을 안 가리게 되고, 이모부와도 친해져서 이제는 보고 싶다. 특히 좋은 것은 이모부는 용돈을 후하게 주신다. 더 좋은 것은 언니와 차별하지 않고 용돈을 주시는 것이다. 차별하지 않는 이모부가 좋다.

우리학교 비밀장소

신희장

올해 4월 중순쯤이었다. 3교시 국어시간이었는데 박미자 선생님께서 밖에 꽃이 예쁘게 피었다며 점심시간에 화단 앞에서 다 같이 사진을 찍자고 하셨다. 점심시간이 되고 우리는 모두 그곳으로 가 사진을 찍었다. 그런데 그날 종례시간, 갑작스레 선생님의 퇴직 소식을 들었다. 사진 찍는 것도 선생님께서 마지막 추억을 남기려 그러셨다고 하였다.

박미자 선생님과의 마지막 추억이 담겨있는 장소가 나에게는 우리 학교에서 가장 특별한 장소이다.

보고싶은 친척

김진영

저번 여름에 가족 캠프를 갔다. 친척동생이 화장실에서 20,000원을 주웠다. 함께 놀다가 돈을 주웠으면 반씩 나눠가져야 한다고 생각한다. 그런데 친척동생은 혼자 다 가지고 도망쳐서 큰엄마에게 맡겨놓았다. 그리고는 다시 나에게 놀자고 엉겼다. 내가 귀찮다고 그러는데도 자꾸 놀자고 치근거려서 나중에는 때리고 싶었다.

우리학교 비밀장소

김지민

　내가 졸업한 마곡초등학교 운동장 가장자리에는 숲처럼 사방을 나무로 심어놓은 곳이 있고 그 중간에는 3m정도 되는 큰 돌이 있다. 그 돌이 왜 있었는지 모르겠다. 내가 다니는 6년 동안에도 그 돌은 항상 그 자리 그대로였다. 저학년 때는 점심시간마다 그곳으로 가서 아이들과 놀았다.

　그 돌은 가운데가 움푹 파져 성인 한 명이 서 있을 정도였다. 그래서 그 곳으로 올라가서 뛰어 내리며 놀았다. 그런데 고학년이 되어 돌의 중간지점과 내 키가 비슷해졌다. 그 뒤로 시시해서 잘 가지 않게 되었다.

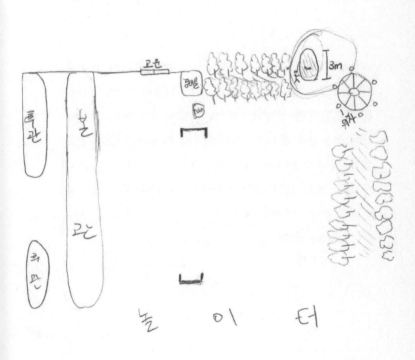

우리학교 비밀장소

최고

청천초등학교에는 천막 있는 쪽 뒤편에 건물(체육창고)이 있고 건물을 올라갈 수 있는 담장이 있다. 여기에 올라가 숨으면 선생님들께서 잘 찾지 못하신다. 그래서 나는 선생님을 피해서 숨고 싶을 때 이곳에 갔었다. 주로 점심시간이었는데 잠이 들어서 5교시까지 자다가 들어간 적도 있고 6교시에 들어간 적도 있었다. 자다가 선생님께 들켜 잡혀 들어간 경우도 있었다. 그래서 지금도 그곳이 기억에 남는다.

우리학교 비밀장소

김예린

비밀장소는 아니지만 나에게 더 없이 소중한 추억이 있는 장소가 있다. 마곡초등학교 운동장이다. 그리 넓지도 않지만 아주 많은 추억이 남아 있다. 특히 5학년 때 물총놀이를 잊을 수 없다. 지금도 그때 일이 생생하게 기억이 난다. 물총놀이는 선생님을 포함한 우리 반 전체가 나가서 바가지, 물총으로 서로를 쏘아댔었다. 그렇게 물총으로 놀고 있을 때 부러워했던 옆반 아이들도 기억에 남아 있다. 다시 그때로 돌아가고 싶다.

우리학교 비밀장소

김전설

여름방학이 끝날 무렵, 우리학교에는 급식실이 생겼다. 요즘에는 급식실에서 밥을 먹는데 급식실 뒤쪽에 작은 창고가 있다. 잘못 만든 것인지 리모델링을 할 예정인지는 알 수 없으나 지금은 마루바닥에 10명 정도 놀 수 있는 곳으로 쓸모가 많다. 어느 때에는 청소를 안하고 도망가는데 숨는 공간이 되기도 하고 또 수업을 빠지고 놀거나 잘 때 쓰기도 하고, 심심할 때 모여 놀기도 좋은 공간이다. 옆이 급식실이라 문으로 들어오는 빛도 있다. 아주 좋은 곳이다.

6회

우리집 가는 길

2015. 9. 21

우리집 가는 길

김다은

내가 초등학생일 때였다. 친구와 집에 가고 있는데 옆에 외국인들이 있었다. 외국인들은 좀 까무잡잡하고 키가 크고 콧구멍이 컸다. 나와 친구는 신기해서 외국말을 따라하면서 외국인인 척했다. 외국인들이 우리를 쳐다보았다. 우리는 갑자기 무서워져서 같이 뛰었다.

우리집 가는 길

김희원

집에 가던 중 열쇠가 없다는 걸 알아챘다. 휴대전화에는 배터리가 3%밖에 남아 있지 않았다. 급히 엄마에게 전화를 했다. 골목 앞에서 엄마가 탄 차가 오길 기다리고 있는데 어떤 아주머니가 오시더니 '뭘 빤히 쳐다보니?'라고 말씀하셨다. 당황해서 아무 대답 안하자 나에게 욕을 하였다.

나는 욕을 듣고 기분이 나빠졌다. 그래서 약 올리듯 미친 듯이 웃었다. '흥흐ㅎ흥흥흥ㅎ흐흥'하고 웃으며 그 아줌마 눈을 당당히 쳐다보며 "넵!!"이라고 대답하며 집 앞으로 가 계속 서 있었다. 그 아주머니는 딸을 데려오더니 때리고 있었다.

우리집 가는 길

김예린

3달 전이었다. 공부방이 끝나 집으로 가던 길이었다. 아파트 계단을 올라 집에 들어가기 위해 문을 열고 있었는데, 위에서 이상한 소리가 들려서 뒤를 돌아봤다. 우리학교 장진현을 닮은 어떤 아저씨가 핸드폰으로 무엇인가 하고 있는데 왜 그랬는지 정말 놀랐다. 그런데 놀라는 나를 보고 그 아저씨가 더 놀란 표정을 보고 더 놀랐었다. 그 뒤로도 한동안 그 아저씨가 보였는데 요즘은 없다. 그래도 계속 뒤돌아보며 확인하게 된다.

우리집 가는 길

장민재

언제였는지는 정확히 기억나지 않는다. 최고와 진성이랑 집에 가는 길이었다. 약국을 지나서 가는데, 옆의 골목을 바라보는 사람들이 많았다. 우리도 그곳을 보았다. 그곳을 보니 어떤 아저씨가 다른 남성을 때리고 있었다. 구경을 하고 있는데, 경찰이 뜨니 태도가 갑자기 돌변했다. 때리다가 안 때리고 갑자기 친절해진 것이다. 그걸 보니 신기했다. 태도가 돌변하고 나서 그냥 집에 갔기 때문에 그 뒤로는 어찌되었는지 모르겠다.

우리집 가는 길

김진영

집에 가는 길이었다. 어떤 아저씨 3명이 있었는데 2명
은 서 있었고 1명은 앉아있었다. 그런데 갑자기 서 있던
한명이 앉아있던 사람의 뺑튀기를 갈겼다. 앉아있던 사
람이 왜 그러냐면서 일어났는데 또 싸대기를 때렸다. 맞
은 사람이 화가 나서 모자를 벗고 싸우려고 하는데 옆에
서있던 남자가 말렸다. 그런데 말리던 사람도 몹시 화가
나서 먼저 주먹질을 한 사람을 넘어뜨렸다. 넘어진 사람
은 겁을 먹었는지 집으로 갔다.

우리집 가는 길

최고

초등학교 4학년 때쯤이었다. 햇살공부방에 다닐 때였다. 집 열쇠를 잃어버렸다. 공부방 옆 김밥천국 앞에서 집열쇠를 달라고 엄마에게 전화를 하였다. 그런데 모르는 아저씨가 집 열쇠가 없다는 나의 말을 들었는지 "우리집 갈래?"라고 물었다. 나는 이상한 기분이 들어 "아니오." 라고 거절하였다. 열쇠가 오는 동안 김밥나라에서 김밥을 사먹었다.

우리집 가는 길

김지민

　초등학교 5학년 때였다. 수업이 끝나고 문구점 앞에서 친구와 수다를 떨고 있었다. 그런데 갑자기 어떤 아저씨가 나보고 자기가 만만하냐고 화를　내었다. 나는 황당해서 "네? 네?"라는 말밖에 할 수 없었다. 그 사람은 조심하라고 하더니 가버렸다. 처음에는 우스워서 친구와 함께 떠들며 웃었는데 친구가 신고해야 되는 거 아니냐고 하더니 112에 전화를 했다.

　경찰이 왔다. 우리가 있던 일을 말해 주었더니 이상한 사람들 많으니까 조심하라고 경찰차로 집에 태워다 주셨다. 그게 내가 경찰차 첫 탑승이자 마지막 탑승이었다.

　조심하라는 말은 모두 같지만 느낌이 많이 달랐다.

우리집 가는 길

김하빈

지난 5월쯤이었다. 공부방이 끝나고 진영이 형과 집으로 가는 길이었다. 형에게 "빠이 빠이"하고 딱 뒤로 도는 순간이었다. 차가 지나가면서 내 왼발을 밟고 간 것이다. 나는 그 자리에서 쓰러졌다. 차는 그대로 가고 있었는데 그때 어느 착한 아저씨 한 분이 오셔서 차를 세우셨다. 그리고 차주인 아저씨가 나를 데리고 세림병원으로 같이 가셨다. 다행히도 크게 다친 것은 아니었던 데다 병원에 빨리 가서 더 나빠지지도 않았다. 그 차주인 아저씨가 돈도 내주시고 합의도 보셨다.

몹시 놀랐고 정말 기억에 남는 날이었다.

우리집 가는 길

신회장

2008년이었다. 어린이 집이 끝나고 막내고모랑 동생 신동윤이랑 집으로 걸어가고 있었다. 그런데 갑자기 신동윤이 오줌이 마렵다고 해서 길가에 주차되어 있는 차들 사이에서 일을 보게 했다. 볼 일을 보고 막내고모와 내가 있는 건너편으로 건너오고 있었는데, 잠깐 동안 무슨 일이 있었는지 모르겠지만 딱 보니 자동차 두 바퀴 사이에 신동윤의 두 다리가 들어가 있었다. 엄청나게 놀랐다. 막내고모도 깜짝 놀라 달려갔고 얼른 신동윤을 일으켰다.

다행히 크게 다치지는 않았다. 아직도 그 위험했던 장면이 잊히지 않는다.

7회

다시 가고 싶은 곳

2015. 10. 19

다시 가고 싶은 곳

김하빈

내가 어렸을 때 아빠, 할머니랑 같이 경기도 성남시에 살았었다. 어렴풋한 기억이지만 아빠와 내가 자전거를 처음 탈 때였다. 아빠가 내게 자전거를 가르쳐주셨고 나도 스스로 타는 방법을 익혀서 아빠와 같이 자전거를 타 보았다. 유치원을 처음 다닐 즈음이었다. 이후에는 성남을 떠나서 내 생각에는 성남에서의 추억은 그때가 마지막이었던 것 같다. 나는 지금도 그때를 생각하면 마음이 따뜻해진다.

다시 가고 싶은 곳

최고

8살 때쯤이었다. 서울에 살았는데 학교에서 집으로 가는 길이 뺑뺑 돌아서 좀 멀었다. 빠르게 가려면 담을 넘어서 직진으로 가면 되었다. 나는 자주 그렇게 담을 넘어다녔다. 그런데 한 번은 힐리스(Heelys)라고 바퀴달린 신발을 신고 담을 넘다가 벽돌에 바퀴가 걸려 고꾸라졌고 담 사이에 머리가 끼고 말았다. 혼자서 머리를 빼려고 애썼지만 아프기만 하고 도저히 안 되었다. 결국 나는 울음을 터뜨리고 말았다. 어떤 아저씨가 그런 나를 보고 꺼내주셨다. 다음 번부터는 그길로 다니지 않았다.

다시 가고 싶은 곳

김예린

　9살쯤이었다. 아파트 친구들과 함께 놀려고 매일 하루 동안에 해야 할 공부들을 후딱 마치고는 축구공을 챙기고 놀이터 키를 받아들고 놀이터로 향했었다. 우리들은 놀이터로 딱 들어가자마자 빨리 뛰어가 좋은 그네를 맡으려고 누구 먼저 할 것 없이 그네를 향해 뛰었었다. 그네는 자리가 4개 있었는데, 그 중에서도 좋고 안 좋은 자리가 있었기 때문이다. 그렇게 그네를 타고 있으면 한 친구가 축구공을 던져주고 그네를 타고 그 날아오는 축구공을 차고는 누가 먼저 멀리가나 내기를 했었다. 정말 재미있었다. 그런데 이제 그 놀이터가 터만 남아있다. 속상하다.

다시 가고 싶은 곳

김희원

올해 6월에 웅진플레이도시에 갔다. 구명조끼를 대여하고 바로 파도풀에가서 놀았다. 그런데 학교남자애들을 만났다. 구명조끼를 잡고 파도풀 끝까지 데리고 가며 놀았다. 나는 장난기가 발동하여 나를 잡고 가던 애를 발로 차고 혼자 먼저 앞서 나가려했다. 그러나 열심히 나가보았지만 나가지를 않았다…. 옆에서 같이 온 애들이 나를 잡고 매달리고 있었다. 내가 놓으라고 소리를 지르니 놓는다. 그런데 한참 허우적대다가 옆을 보니 나를 잡고 매달리던 애들은 앞질러 가서 벽을 잡고 벌써 밖으로 나가고 있었다. 급하게 애들을 불러 잡아달라고 애걸했다. 애들이 잡아주어 나도 밖으로 나왔다. 내가 뿌리친 것이 있어서 더 고마웠다.

친구들이랑 멀리간 적이 별로 없어서 기억에 많이 남는다.

다시 가고 싶은 곳

김다은

　나는 강원도로 다시 가고 싶다. 강원도에 증조할머니가 살고 계셔서 증조할머니를 뵙고 싶기 때문이다. 또 여러 가지 추억이 있다.

　그때 나는 산책 중이었다. 소가 한 마리 있었다. 그런데 소의 코에 뭐가 묻어있는 것 같이 신기하여 무작정 당겼다. 알고 보니 코뚜레였다. 그것을 당기면 소가 무척 아프다고 한다. 주인아저씨께 꾸중을 들었다. 소에게 너무 미안하기도 하였다. 그래서 울고 있었는데 주변에 토끼도 보이고 꽃들도 보여서 아주 금방 풀렸다. 지금은 혼난 기억보다 아름다웠던 풍경과 동물이 더 기억이 난다. 그래서 강원도로 다시 가고 싶다.

다시 가고 싶은 곳

김지민

수학여행은 항상 즐거웠다. 교관이 하는 식상한 멘트마저 나에게는 그저 웃겼다. 수학여행의 하이라이트는 밤에 잠을 안자고 친구들이랑 수다 떨고 노는 것이다.

6학년 마지막 수학여행 때 밤에 선생님께서 휴대폰을 걷으러 오셨다. 아이들은 너나할 것 없이 미리 준비한 공기계를 내었다. 하지만 나중에 선생님은 눈치를 채고 진짜 휴대폰을 가져오라고 화를 내셨다. 슬그머니 한둘씩 휴대폰을 내었지만 한 친구가 휴대폰을 잃어버렸다고 거짓말을 했다. 그래서 그 친구랑 선생님은 휴대폰을 찾으러 나가고 슬그머니 한둘씩 휴대폰으로 불을 켜고 놀았다. 잘못된 행동이긴 하지만 그런 것이 수학여행의 소소한 재미였다.

현재 우리 중학교는 수학여행이 없다. 그래서 옆 학교가 수학여행을 가는 걸 보면 무척 부럽다.

다시 가고 싶은 곳

김진영

　나는 여름방학 때 갔던 을왕리에 가고 싶다. 방학을 맞아 친구들이랑 을왕리로 놀러갔다. 을왕리에 도착하자마자 바닷가에서 놀다가 숙소로 들어가서 컵라면 끓여먹고 낮잠도 자고 신나게 놀았다. 밤에는 불꽃놀이를 하러 바닷가에 갔다. 고등학생 형들이 와서 재형이가 베란다에서 불쾌하게 노려봤다면서 따귀를 때렸다. 우리는 몹시 속이 상했다.

　고등학생 형들이 가고 난 뒤 우리는 일행 중 한 명의 형을 불렀다. 형은 헬스장 코치님 차를 타고 코치님과 함께 왔다. 형이 고등학생 형들에게 우리를 데려가 혼내주고 맞은 것 같이 때리라고 했다. 속으로 통쾌했다. 통쾌한 마음으로 숙소로 가서 재밌게 놀았다.

다시 가고 싶은 곳

장민재

10월 3, 4일 이틀간 외할아버지 생신이어서 온가족이 강화도로 놀러갔다. 교동에서 점심으로 짜장면을 먹고 숙소가 있는 곳으로 갔다. 먼저 온 가족분들이 냉장고에 음료수, 술 등을 꽉 채워두어서 마치 슈퍼 같았다. 낚시를 하려 했는데 고기를 잡기는커녕 낚싯대가 고장 났다. 그래서 숙소로 돌아와 노래방기계를 틀어놓고 노래를 부르며 놀고 있었다. 먼저 아기들이 놀다가 아기들이 잠들고 그 다음에 우리가 노래를 부르는데 힘이 들 정도였다. 다 부르고 12시쯤부터 우리끼리 놀았는데 매우 재미있었다. 재미있지만 힘들기도 했다.

다시 가고 싶은 곳

신회장

4살 때 어린이집에서 있었던 일이다. 점심시간이었는데 내가 밥을 안 먹고 버티니까 선생님께서 국에다 남은 반찬을 모두 넣고 밥을 말아서 나에게 먹였다. 밖에는 내가 다 먹기만을 기다리던 반 친구들이 줄지어 서 있어 꾸역꾸역 울며 다 먹었다.

엄청 무서운 담임 선생님이셨는데 이상하게 그때로 돌아가고 싶다.

8회

너 그런 거 길러봤어?
/ 이건 내가 최고!

2015. 11. 02

너 그런 거 길러봤어?

김예린

　초등학교 1학년 여름 즈음이었다. 아파트애들이랑 가동 뒤쪽 텃밭에서 콩벌레(쥐며느리)들을 잡으면서 놀았었다. 그렇게 잡고 놀다가 집에서 기르고 싶다는 생각이 들어 예준이와 어떤 애가 좋을까 고민을 하며 콩벌레를 골라 집으로 데려갔다.

　그때까지 흙에 있었으니까 씻겨주려고 화장실로 데려가 씻기고, 더운 여름이니까 조그마한 플라스틱 그릇에 물을 받아서 수영하며 놀게 해주었다. 그런데 콩벌레는 자꾸만 기어나왔다. 아주 싫어하는 것 같았다. 그래서 할 수 없이 다시 밖에다 내놓아주었다.

너 그런 거 길러봤어?

김희원

난 파리를 길러본 적이 있다.

파리를 잡으려고 손으로 후렸는데 파리가 '픽!' 하고 쓰러졌다. 그러나 죽지는 않았다. 나는 파리를 길러보려고 날개를 자르고 실로 죽지 않을 만큼 묶었다. 산책도 시켜주고 먹이도 주었다. 그런데 먹으라고 음식 위에 올려놨는데 손바닥을 비비기만 하고 먹지를 않았다. 몇 시간 못 있고 죽었다.

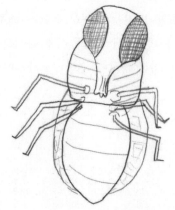

너 그런 거 길러봤어?

김하빈

갈산동 초등학교 고학년 때였다. 우리 집에는 이구아나
(이름 : 메론)가 있었다. 그런데 어느 날, 이구아나가 사라
졌다. 하루 종일 찾아다녔는데 찾을 수가 없었다. 결국 포
기하고 빨래를 하려고 했다. 세탁기를 돌리려는데 빨래
가 안 되고 "삐~삐~" 소리가 났다. '아래에 뭐가 꼈나.' 하
고 보니 우리 이구아나가 있었다.

난 그 이후로 풀밭에서 방아깨비 등 먹이도 잡아주며
더욱 사랑을 쏟아주었다. 그러나 청천동으로 이사 올 때
데리고 올 수 없어서 다른 주인을 찾아 분양해 주었다.

너 그런 거 길러봤어?

김지민

초등학교 저학년 어느 날 이모가 토끼를 가져와서 키워보라고 하셨다. 나는 흔쾌히 알겠다고 했다.

당시 우리 집 앞에는 2명의 친구들이 살고 있었다. 그래서 학교 끝나고 그 친구들이랑 뫼골공원에 가서 토끼풀을 따다가 토끼에게 주고는 하였다. 그렇게 일주일이 지나고 갑자기 토끼가 사라졌다. 엄마한테 물어봤더니 엄마가 다른 이모한테 토끼를 주었다고 했다. 나는 몹시 실망했다. 그렇지만 토끼가 계속 보고 싶고 걱정되는 마음에 토끼를 보낸 이모네 집에 가보았다. 토끼는 여유롭게 당근을 먹고 있었다. 토끼가 살이 오동통하게 올라있어 걱정되는 마음은 싹 사라지고 보기 좋았다.

너 그런 거 길러봤어?

최고

난 초등학교 6학년 때쯤 반지하에 살았었다. 올라가는 계단에 신발장이 있었다. 그런데 어느 날 밥을 먹고 TV를 보고 있는데 고양이 소리가 들렸다. 시간이 가도 고양이 소리는 계속 들렸다. 하루 이상 소리가 났던 것 같다. 아침에 확인해보니 새끼 고양이가 있었다. 배가 고플 것 같아 먹다 남은 치킨을 주었다. 그렇게 밥을 주며 키우다가 꽤 큰 다음에 밖으로 내보냈다.

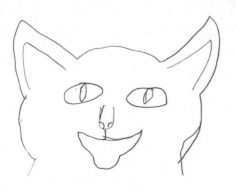

너 그런 거 길러봤어?

신서원

5학년 실과시간에는 학교 뒷건물 주차장 옆 텃밭에서 상추를 길렀었다. 그리고 1년이 지난 다음에 당시 5학년 다른 반 애들은 자기들이 키운 상추에 고기를 먹었다는 소식이 들렸다. 5학년 선생님들이 사주어서 함께 먹었다는 것이다.

똑같이 상추를 길렀는데 걔네들만 고기를 먹고 우리 반은 그렇지 못했다는 것이 몹시 서운하고 화가 났다. 엄청 욕도 하고 불평도 했었다. 지금도 상추를 보면 우리는 수업하는 데 그 아이들은 고기를 먹고 있는 장면이 함께 떠오른다.

너 그런 거 길러봤어?

김진영

나는 햄스터를 키워본 적이 있다. 한 마리를 키우려다가 심심할 거 같아서 두 마리를 키웠는데 함께 놀기는커녕 자꾸 싸웠다. 결국 두 마리 사이를 나무판자로 막아놨는데 그걸 뚫어가며 싸웠다. 다시 플라스틱판으로 막았는데 그것도 뚫고 싸웠다. 결국 한 마리가 다른 한 마리를 먹어서 뼈만 남아 있었다.

이건 내가 최고!

장민재

나는 작년(2014년) 중 1학년 시절 반에서 오목이 1등이었다. 반에 오목바람이 불어서 한 친구가 다른 친구들을 거의 다 이기고 있었다. 그런데 내가 그 친구를 이겨서 반에서 1등이 되었다. 이후 한 동안 점심시간마다 오목을 하자고 도전을 받았지만 거의 지지 않고 승리하였다. 요즘 다시 오목이 시작되어 애들이 도전을 해오지만 가볍게 이겨준다.

이건 내가 최고!

김다은

나는 마피아 게임을 아주 잘한다. 최고라고 할 수 있다. 마피아라는 게임은 낮과 밤을 나누어 직업을 정하고 마피아가 누구인지 추리하는 것이다. 마피아를 먼저 잡아내는 쪽이 이긴다. 나는 추리도 잘하고 상대편이 잘못 판단하도록 속이는 것도 잘한다. 마피아 게임은 내가 제일이다.

먹는 비법

2015. 11. 10

먹는 비법

최고

난 음식을 먹을 때 한 가지씩 먹지 않고 항상 두 가지 이상을 입에 넣는다. 그래야 입 안에서 음식이 조화롭게 섞여 더 맛있는 것 같다.

먹는 비법

김희원

나는 뭘 먹을 때 입이 비어있으면 뭔가 찝찝하다. 그래서 먹을 때는 항상 입에서 다 씹은 음식을 삼키기 전에 음식을 또 넣는다. 새로 들어간 음식은 씹으면서 원래 입 안에 있던 다 씹은 음식은 삼키는 것이다.

음식을 먹을 땐 입이 비어있는 게 싫어서 주로 이렇게 먹는다.

먹는 비법

신회장

    나는 김밥을 맛있게 먹는 나만의 비법이 있다. 나는 무를 좋아하지 않는다. 특히 단무지의 이상꾸리한 맛은 더욱 싫다. 그래서 김밥을 먹을 때 단무지를 빼고 먹는다. 단무지 맛에 익숙한 사람은 이상하다고 생각할 수도 있지만 김과 밥의 맛이 더 잘 느껴지게 훨씬 더 맛있게 먹을 수 있다.

먹는 비법

김다은

비가 올 때면 난 부침개를 먹는 것이 당연하다고 느낄 때가 많다. 그러면 나는 엄마에게 부침개를 부탁한다. 엄마는 바로 감자를 갈아서 감자전을 해주신다. 나는 엄마가 해주시는 감자전이 제일 좋다. 담백하고 고소하고 감자 특유의 맛이 아주 좋다.

먹는 비법

김예린

　나는 커피우유를 제외한 모든 우유를 다 좋아한다. 그 중에서도 집에서 해먹는 바나나우유가 제일 좋다.

　바나나가 많이 나오는 시기가 되면 엄마는 항상 바나나를 사오신다. 나는 그 바나나와 집에 있던 우유를 이용해 바나나우유를 만든다. 믹서기에 바나나 두 개에 우유 500ml 정도를 넣고 10초 가량 간다.

　맛은 실제 마트나 편의점에서 파는 바나나우유와 매우 비슷하다.

먹는 비법

김지민

나는 엄마가 해주는 꽁치김치찌개가 맛있다. 집에서 가끔 해먹는 찌개인데 김치에 꽁치통조림을 통째로 넣어 끓인 찌개이다. 이 찌개는 국물이 주인공이다. 김치찌개맛에 꽁치맛이 어울려서 아주 맛있다. 항상 국물이 부족할 정도인데 그래서 엄마는 국물을 많이 해서 끓여주신다.

언제 엄마한테 배워야겠다.

먹는 비법

장민재

우리 외가 쪽에서는 김장할 때 무채에다가 고수를 넣는다. 어릴 때부터 외가 쪽에서 그렇게 먹어서 이제는 고수가 없으면 조금 허전하다. 그래서 요즘에는 엄마가 조금씩 넣어서 해주신다.

먹는 비법

김야기

　나는 초등학교 때에 당근을 싫어했다. 그런데 어느 날 아빠가 당근요리를 해주신다고 하셨다. 나는 평소에 당근을 싫어해서 요리가 먹기 싫었다. 그러나 요리를 본 순간 나는 깜짝 놀랐다. 당근에서 용이 나왔기 때문이다. 인생에 당근을 그렇게 많이 먹어보기는 처음이었다. 그 이후로는 당근을 많이 먹게 되었다. 지금까지도 당근이 좋다.

먹는 비법

이진성

나는 엄마가 해주시는 블루베리쉐이크를 좋아한다. 정확한 방법은 모르겠지만 우유에 블루베리와 사과, 설탕을 넣고 갈아서 만드는 것이다. 아주 맛있다.

10회

그거라면
계속 먹을 수 있어!

2015. 11. 16

그거라면 계속 먹을 수 있어!

신회장

우리 공부방에는 졸업잔치나 크리스마스 때만 나오는 특별한 음식들이 있다. 뷔페처럼 새우튀김, 초밥, 과일꼬치 등 많은 음식들이다. 아무리 맛있는 음식이어도 계속 먹으면 질리니 한 가지 음식만 먹고 살 수는 없을 것 같다. 그래서 나는 여러 음식을 한 번에 만날 수 있는 뷔페가 좋다.

그거라면 계속 먹을 수 있어!

김다은

나는 시원한 국물을 좋아한다. 예를 들면 동치미와 미역오이냉국과 묵밥 같은 음식이다. 나는 이런 국물들을 먹으면 속이 시원하고 이것만 계속 먹는다.

고깃집 같은 곳을 가면 처음에 입가심으로 나오는데 그것만 계속 먹으면서 더 달라고 시켰다. 음식점을 가서도 이런 음식이 맛있으면 계속 이것만 시킬 정도로 나는 이런 시원한 국물들을 좋아한다.

그거라면 계속 먹을 수 있어!

김지민

지난 여름에 가현이 언니랑 고기 뷔페를 갔었다. 가현이 언니가 많이 안 먹기에 내가 대신 많이 먹었다.

식사가 거의 끝날 때쯤 갑자기 물이 키이기 시작해서 물을 두 통이나 먹었다. 최근에 물이 몸에 좋다는 말을 들어서 막 먹었다. 그랬더니 배가 너무 불러서 아프기까지 했다. 빨리 소화시키기 위해 몸을 이리저리 움직였다.

물을 먹지 말고 고기를 더 먹고 나올 걸 그랬다는 생각이 든다.

그거라면 계속 먹을 수 있어!

김예린

　나는 떡볶이를 정말 좋아한다. 그 중 작년에 엄마가 해준 떡볶이가 가장 기억에 남는다.

　그때 엄마와 크게 싸우고 나는 잠깐 나갔다 온 참이었다. 집에는 아무도 없고, 떡볶이만 큰 후라이팬에 1/5 정도가 놓여있었다. 정말 배가 고프기도 했지만 떡볶이를 워낙 좋아하니까 급하게 떡볶이를 먹었는데 엄마가 그때까지 해주었던 떡볶이들과는 비교가 되지 않을 만큼 맛있었다.

　그 떡볶이는 엄마, 아빠, 예준이가 먹고 남긴 거여서 양이 조금 적었었다. 아직도 아쉽다.

그거라면 계속 먹을 수 있어!

김희원

나는 스시를 정말 좋아하고 계속 먹을 수 있다. 이모 결혼식 때였다. 스시를 먹었는데 아주 맛있었다. 처음 먹은 것도 아닌데 그때 스시가 너무 맛있었다. 간이 밴 밥알을 씹고 있다가 와사비가 천천히 퍼져나와 마지막엔 코가 찡해져서 좋았다. 요즘은 와사비를 더 넣어줬으면 좋겠다.

그거라면 계속 먹을 수 있어!

최고

나는 매생이국을 좋아한다. 엄마가 이제 너도 컸으니 술을 배워야 한다며 한 번씩 술을 먹으라 하신다. 한 번은 엄마와 술집에 갔다. 엄마는 안주로 매운탕과 매생이국을 시켰다. 매운탕을 먹었는데 별로 맛이 없었다. 매생이국을 들이켰는데 혀가 데긴 했지만 아주 맛있었다.

그거라면 계속 먹을 수 있어!

김하빈

나는 학교급식에 나오는 구슬아이스크림이라면 계속 먹을 수 있다. 여름방학을 할 무렵에 후식으로 구슬아이스크림이 나왔다. 내 것은 5숟가락을 퍼먹으니 벌써 다 먹게 되었다. 그래서 옆 친구들 것을 슬쩍 먹고 다른 친구 것도 슬쩍 먹으면서 30분쯤이나 아이스크림을 먹고 있었다. 그런데 그 때 선생님께서 오셔서 급식실에서 쫓겨났다. 역시 아이스크림의 가치는 대단하다. 왜냐하면 아이스크림을 먹어서 얼마나 두들겨 맞았는지, 아직도 그 때 생각하면 후덜거린다.

그거라면 계속 먹을 수 있어!

장민재

작년에 아버지께서 저녁에 해주신 김치찌개가 맛있었다. 우선 국물을 같이 떠 먹는 것이 맛있었고, 같이 있는 김치와 고기를 같이 먹는 것도 아주 맛있었다. 그래서 계속 먹고 있었는데 내가 너무 과식하는 것을 보고 부모님께서 걱정하시며 그만 먹으라고 막아서 멈추었다. 다시 생각해도 그 때 그 김치찌개는 정말 맛이 있었다.

11회

소중한 선물

2015. 11. 17

소중한 선물

김다은

　나의 14번째 생일에 할머니께서 주신 거울은 정말 소중한 선물이다. 나를 예뻐해 주시는 할머니의 마음이 담겨 있어 더 소중하다. 더구나 나비 모양의 장식과 큐빅으로 꾸며진 것인데 아주 예뻐서 정말 마음에 든다. 아끼느라 거울을 보호하느라 붙여놓은 필름도 아직 떼지 않고 있다. 오래 간직할 것이다.

소중한 선물

장민재

어릴 때부터 지갑 없이 돈을 주머니에 넣고 다니는 습관이 있어서 종종 잃어버리기도 했다. 그걸 보신 아버지께서 작년에 출장을 다녀오시면서 지갑을 사주셨다. 지갑 속에는 돈도 들어있었다. 그래서 나는 무언가 싶어 여쭤보니 지갑을 선물할 때는 돈도 넣어서 주는 것이라고 하셨다. 재미있는 습관을 알게 되었다. 그때부터는 돈이 생기면 지갑에 넣고 다닌다. 지갑을 볼 때마다 그때 상황이 떠오른다.

소중한 선물

김하빈

나는 초등학교 입학 때 받은 선물이 소중하다. 초등학교에 입학할 때였다. 아침에 엄마가 자석블록세트를 나에게 선물로 주셨다. 나는 유치원생 때부터 블록을 좋아해서 자석블록세트를 받았을 때 매우 좋았다. 지금 7년 정도 지났지만 아직도 그 자석블록세트를 가지고 있다. 아직도 그 자석세트를 보면 기분이 좋다.

소중한 선물

김예린

  나는 어렸을 때 공주들을 정말 좋아했었다. 7살 때였다. 엄마에게 멍이 들 정도로 맞으면서 꾸중을 들었다. 그런데 그 다음 날 엄마가 나에게 어제 일은 정말 미안하다며 선물을 건네셨다. 엄마의 사과를 받고, 선물을 보았는데 내가 정말 좋아하는 공주들이 그려진 조그마한 손가방이었다. 그 선물을 받고 나는 정말 기뻤고 그 가방도 아주 좋았다. 가방은 아직도 내 책상서랍 속에 있다.

소중한 선물

최고

난 어렸을 때부터 공을 무척 좋아해서 남의 집 공도 차고 다녔다.

어렸을 때였다. 엄마가 공을 사러가자고 하였다. 마트에 도착 후 살 물건을 찾기 시작했다. 우리 가족은 함께 마트에 가도 따로 다니며 물건을 사는 편이다. 나는 공을 찾으러 갔고 엄마는 반찬을 사서 만나기로 하였다. 그런데 나는 어렸을 때여서 공을 마트 안에서 차고 다니다 물건을 맞춰 떨어트리고 말았다. 배상을 할 뻔했지만 다행히 물건들이 멀쩡해서 물어내지는 않았다.

소중한 선물

이진성

초등학교 2학년 때였다. 아빠가 생일선물로 테일즈런너 시리즈 만화책을 한꺼번에 사 주셨다. 정말 기뻤다. 시리즈를 한꺼번에 받으면 안 끊기고 계속 볼 수 있고 책에는 게임캐시도 들어있었다. 1석2조였다.

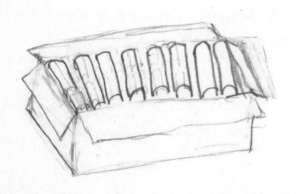

소중한 선물

김희원

　나는 5학년 후반쯤 이사하면서 방을 선물로 받았다. 내 방이 생긴 것이다. 언니와 가위바위보를 해서 작은 방을 가지고 있는 대신 컴퓨터가 있다. 나는 가끔 방문을 잠그고 새벽까지 컴퓨터로 게임을 하다 잔다.

소중한 선물

신희장

　2달쯤 전에 학교 축제가 있었다. 축제 행사 중 어떤 프로그램에 참여하면 초코파이를 하나 받을 수 있었다. 그때 내 짝도 그 행사에 참여해 초코파이를 받았다.

　축제가 거의 끝날 때 내가 교실로 들어오니 내 책상에 초코파이 하나가 놓여있었다. 알고 봤더니 내 짝이 먹으라고 준 것이다. 내 짝은 성격이 다소 까칠한 편이다. 그런데 평소에 그러지 않던 애가 초코파이를 주니 아주 다정하게 느껴졌다. 나는 무척 감격스러워 사진을 찍어 한동안 핸드폰 배경화면으로 해놓았다.

소중한 선물

김지민

초등학교 6학년 내 생일 날이었다. 다른 반이었던 친한 친구가 생일선물을 들고 나를 찾아와서 생일 축하한다면서 들고 있던 선물을 주었다.

그 선물은 8절지 3장에 편지를 쓴 것이다. 중간중간에 사탕도 붙어있었다. 첫 장에는 롤링페이퍼가 써져 있고 두 번째 장에는 내 뇌구조랑 특징이 빼곡이 적혀 있었다. 마지막 장엔 장문의 편지가 있었다. 군데군데 사탕도 붙어있었다.

옆에 있던 친구들이 부러워하는 눈빛으로 나를 쳐다보았다. 별다른 선물 없이 사탕 몇 개와 편지만 있었을 뿐인데도 무척 기분이 좋았다.

그 친구와 만나면 아직도 편지 이야기를 한다.

12회

이것만은 줄 수 없어!

2015. 11. 30

이것만은 줄 수 없어!

김예린

　나는 가끔 나 자신에게 편지를 쓰고 간수해 둔다. 그렇게 해서 모은 편지들이 이제는 참 많다. 가끔씩 그 편지들을 읽어보면 속상했던 일이 풀리기도 하고 눈물도 나고 웃음도 나고 정말 재밌다. 그 안에는 내가 봐도 오글거리는 것들도 있어서 남들에게 보여주기는 정말 부끄럽다.

이것만은 줄 수 없어!

신회장

나는 교과서와 공책 같이 세트나 짝이 따로 있으면 불안하고 그 생각이 계속 나서 꼭 함께 두어야 한다.

그래서 나는 고장 난 검정볼펜을 아직도 가지고 있다. 몇 달 전 큰고모가 선물해주신 것인데 검정, 빨강, 파랑이 세트이다. 이중 검정색이 고장이 났는데 빨강, 파랑이랑 같이 있어야 할 것 같아 아직도 필통에 셋이 함께 모여 있다. 고장 나서 쓸모가 없다지만 누가 달라거나 버리라고 해도 따를 수 없는 일이다.

이것만은 줄 수 없어!

김진영

산곡북초등학교 2학년 재학시절에 학교에서 타임캡슐을 심었다.

20년 뒤에 열기로 했으니 앞으로 13년 뒤에 그것을 찾으러 간다. 벌써 많은 시간이 지나 얼마 남지 않은 듯하다. 타임캡슐에 무엇을 넣었는지 잊었기 때문에 아주 궁금하다. 꼭 찾으러 가고 싶다.

이것만은 줄 수 없어!

김다은

 나는 모아두는 것을 좋아한다. 시험지나 상장도 모두 모아두고 있고 유치원생이었을 때 색칠하라고 나누어 준 공책도 아직까지 가지고 있다. 지금 이런 것들을 보면 무척 신기하고 소중하다. 앞으로도 계속 모아둘 것이다. 지금까지 모아둔 것을 어떤 이, 아니 소중한 사람이 달라고 해도 줄 수 없을 것 같다.

이것만은 줄 수 없어!

장민재

초등학교 6학년 때쯤 책을 읽지 않는 내가 책을 읽기를 바라셔서 어머니께서 해리포터 시리즈의 4편「불의 잔」을 사주셨다. 그래서 며칠 동안 읽었는데 아주 재미있었다. 그래서 이후에도 몇 번 더 계속 읽었다. 하도 읽어서 내용이 다 기억날 정도이다. 이미 여러 번 읽었지만 아주 아끼는 책이라 다른 사람에게 이 책을 줄 수는 없다.

이것만은 줄 수 없어!

김희원

  나는 11월 11일 빼빼로데이 때 친구 동생한테 받은 빼빼로가 있다. 친구 동생이 나를 주려고 따로 '희원이누나'라고 써서 빼놓았다. 빼빼로데이 때 받은 것 중에 제일 좋아서 어제 먹었다.

이것만은 줄 수 없어!

김하빈

나는 남에게 받은 선물은 다른 사람에게 주지 않는다. 왜냐하면 예전에 그런 일을 했다가 선물을 준 사람이 몹시 서운해하는 것을 보았기 때문이다.

작년 빼빼로데이 때였다. 학교에서 친구들과 빼빼로를 교환하려고 했다. 받은 빼빼로는 무척 많았지만 나에게는 빼빼로가 남아 있었다. 공부방이 끝나고 진영이형이 나에게 빼빼로를 달라고 했다. 나는 그것을 주기가 싫어서 도망을 갔으나 잡히고야 말았다. 그래서 친구들이 준 것이 아닌 나에게 남아있던 것을 주었다.

내게도 좋은 버릇이 없는 것은 아니다.

이것만은 줄 수 없어!

김지민

나는 핸드폰을 바꾸고 겨우 한 달이 되었을 때 떨어뜨려서 액정이 깨지고 말았다.

엄마에게 욕을 먹고 액정을 바꾸었는데 몇 개월 후에 또 떨어져 깨지고 말았다. 욕을 2배로 먹고 액정을 바꿨다. 다시는 깨지지 말라고 방탄필름에 젤리케이스까지 샀다.

또 깨지면 액정을 바꿔주지 않으실 것 같아서 조심히 다루고 있다. 함부로 남에게 줄 수 없는 것은 당연하다.

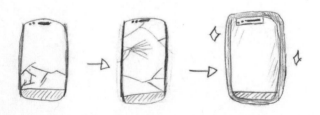

이것만은 줄 수 없어!

최고

나는 초등학교 4학년 때쯤 누군가에게서 휴대폰 담는 가방에 사탕, 초콜릿 등을 꽉 채워서 선물 받은 적이 있었다.

받고 나서 학교에서 몇 개 먹기는 했지만 아까워서 애들이 달라고 해도 안 준 것으로 기억한다. 집에 사탕을 가져와서도 먹기가 너무 아까워 세 달 동안 먹지 않았다. 그러다 실수로 물을 흘려 사탕이 다 녹아붙어 버렸다. 결국 다 버렸다.

13회

그때 정말 슬펐어요

2015. 12. 01

그때 정말 슬펐어요

김진영

중학교 1학년 때였다. 산곡북초등학교에서 축구를 하고 있었다. 어떤 형이 와서 휴대폰을 빌려 달라고 했는데 하늘이가 빌려줬다. 그런데 그 형이 그 폰을 가지고 도망쳤다. 우리는 모두 엄청 놀라고 화가 났다.

그런데 한 친구가 그게 나 때문이라고 했다. 나는 그게 왜 나 때문인지 모르겠다고 했다. 그러고 나서 집에 돌아갔는데 다른 친구가 전화를 하였다. 나더러 너는 떨궈졌다며 이제 너랑 안 논다고 그랬다. 엄청 슬펐다.

그때 정말 슬펐어요

김다은

초등학교 때는 발표회나 학부모 공개수업 등 엄마들이 학교에 오는 날이 있다. 그럴 때는 우리 엄마는 일 때문에 못 온다는 것을 알면서도 괜히 문 쪽을 쳐다보게 된다. 사실 엄마가 못 온다고 하면 난 괜찮다고 했다. 그렇지만 마음으로는 엄마가 와서 꽃다발도 주고 사진도 같이 찍으면 좋겠다고 생각했었다. 그렇지만 이런 일에 엄마가 오길 바란다는 티를 내면 엄마도 슬퍼한다는 것을 알았기 때문에 말하지 않고 지냈다.

하지만 지금은 오는 것이 더 부담스러워서 안 왔으면 하는 바람이다.

그때 정말 슬펐어요

김예린

초등학교 1학년 때, 선생님이 수업시간에 쓰시던 손가락봉 같은 게 있었다. 어느 날 신기해서 친구랑 그것을 가지고 놀고 있었는데 어떤 남자애가 와서 선생님 물건을 건드리면 안 된다며 한쪽을 잡고 당겼다. 나도 빼앗기지 않으려고 한쪽을 당겼다. 그렇게 서로 잡아당겼더니 그것이 부러지고 말았다. 급하게 테이프로 붙여 놓았다.

2주 뒤쯤 선생님이 수업하시다가 그것이 부러져 테이프로 붙여놓은 것을 발견하셨다. 누가 부러뜨렸느냐고 화를 내시면서 그 남자애와 나에게 물어내라고 하셨다. 그리고 우리 둘만 과자를 주시지 않았다. 무척 슬펐다.

그때 정말 슬펐어요

김하빈

나는 초등 졸업식을 하루 앞두고 졸업을 못할 뻔해서 슬펐다. 졸업식 하루 전이었다. 졸업식 예행연습 중 묵념을 할 때 묵념 노래가 나왔다. 나는 노래를 따라 불렀고 그래서 내 주위의 친구들이 모두 웃어버렸다. 그 즉시 나는 선생님께 꾸중을 몹시 들었으며 전학을 가라는 말까지 나왔다.

나는 졸업 전날 전학가고 졸업을 못할까 봐 무서웠다. 바로 싹싹 빌었다. 그러자 선생님께서 20L 쓰레기 봉투를 들고 나가 운동장 쓰레기를 주워서 가득 채워오라고 하셨다. 쓰레기가 20L 봉투를 채울 만큼 많지 않아서 나는 겨우 채웠던 기억이 난다.

그때 정말 슬펐어요

김지민

예전에 엄마는 외할아버지와 그다지 사이가 좋지 않으셔서 욕을 하실 때가 있었다. 외할아버지는 막내이모랑 하나밖에 없는 삼촌을 이뻐하셨다. 그래서인지 엄마도 할아버지에게 별다른 애정이 보이지 않았었다.

1년 전 할아버지가 돌아가셨을 때 첫째, 둘째 날에 엄마는 담담하셨다. 그런데 마지막날 화장하러 갔을 때 엄마가 너무 서럽고 가슴 아프게 우셔서 나도 왠지 모를 슬픔이 몰려왔다.

그때 정말 슬펐어요

이진성

친할머니, 외할머니가 돌아가실 때 가장 슬펐다. 친할머니가 돌아가실 때는 나와 아주 가깝고 친한 분이기 때문에 슬펐고 외할머니가 돌아가실 때는 휴가차 12월에 필리핀에 가려했는데 좋지 않은 일로 일찍 가게 되었고 휴가도 무산되어 슬펐다.

그때 정말 슬펐어요

장민재

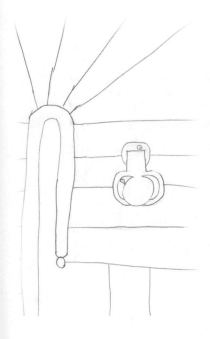

초등학교 3학년 때쯤인가 할아버지가 돌아가시기 직전이었다. 할아버지가 위중하셔서 중환자실로 이동하셨는데, 그때 혼자 계단에서 울었었다. 결국 할아버지는 돌아가셨다. 나는 지금도 용돈을 받을 때마다 할아버지가 떠오른다. 할아버지가 웃으시면서 용돈을 주시던 모습이 아직도 눈에 선하기 때문이다.

그때 정말 슬펐어요

신희장

2015 KBO리그 시즌 중반이 조금 지났을 때였다. 나는 두산 팀을 응원한다. 두산과 넥센이 정규리그 3위 자리를 놓고 치열하게 순위경쟁을 하고 있는 중 넥센과 2연전을 하였다. 2연전의 첫 게임은 우리가 대패를 했다. 그나마 승률이 조금 앞서 간신히 3위를 유지하고 있었다. 다음 날, 우리 팀 다승 1위 평균자책점 1위 투수가 등판 예정이었다. 우리는 당연히 이길 줄 알고 있었다. 중계방송을 계속 볼 수 없는 상황이어서 점수만 확인했는데 이기고 있었다. 좋아하며 집으로 돌아갔는데 우리 팀이 역전패를 당한 상태였다. 결국 두산은 4위로 순위가 내려갔다. 그 뒤로도 6연패를 했다. 그러나 결국 우리 두산은 정규리그 3위를 차지하였고 다행히 이번 시즌은 우승했다. 그 연패 때는 엄청 슬퍼했었다.

그때 정말 슬펐어요

최고

허니버터칩은 무척 유행했지만 쉽게 살 수 없는 희귀한 과자였다. 나는 우연히 이 과자를 3봉이나 살 수 있었다. 3봉지 중 2봉지를 허겁지겁 먹고 마지막 1봉지를 먹는 중이었다. 그런데 나는 과자를 먹을 때 막 집어먹는 스타일이라서 마지막 봉지를 먹는 중이라는 것도 의식하지 못하고 또 막 집어먹었다. 먹다보니 과자 봉지에 손을 넣었는데, 아무 것도 잡히지 않았다. 다 먹은 것이었다. 나는 정말 슬펐다.

14회

그때 정말 화가 났어요

2015. 12. 08

그때 정말 화가 났어요

장민재

오순도순 전 소망공부방에 다닐 때였다. 나보다 한 살 어린 남자애랑 다투었었다. 내가 컴퓨터를 할 차례였는 데 그 아이가 계속 하려고 했기 때문이다. 그렇게 다투다 가 내가 잘못해서 그 아이의 얼굴을 할퀴었다. 일단 다툼 은 그렇게 끝이 났다.

그런데 다음날 그 아이의 할머니께서 오셔서 무척 무 서웠다. 크게 혼난 기억은 없지만 무서웠던 기억은 남아 있다.

내가 먼저 잘못한 것도 아닌데 화를 내고 싸운 것도 화 가 나고 그 때문에 상처를 입히게 된 것도 화가 난다. 무 서워한 것도 좋은 기억은 아니다.

그때 정말 화가 났어요

김지민

집에 컴퓨터가 고장 나서 한동안 오빠랑 무엇을 볼 것인지 TV채널 결정으로 많이 싸웠다. 그래서 엄마가 평일엔 오빠가 보고 주말에 내가 보는 것으로 중재해주셨다. 나는 약속을 잘 지켰는데 오빠는 주말마다 일찍 일어나서 TV를 먼저 보다가 내가 본다고 하면 대답을 않거나 싫다고 말했다.

나는 오빠가 약속을 지키지 않고 약을 올려서 화가 났다. 평소에는 그냥 화내면서 방으로 들어가고 마는데 어느 날은 너무 화가 나서 엄마한테 일렀다. 그랬더니 오빠가 궁시렁대면서 자기 방으로 물러났다.

눈치가 조금 보이긴 했지만 통쾌했다.

그때 정말 화가 났어요

김예린

　나는 자주 동생 예준이와 싸운다. 그런데 그럴 때마다 엄마가 나타나서 예준이 편을 들며 나에게 항상 '너는 왜 누나가 되어서 동생과 싸우느냐'고 막 뭐라 한다. 같이 잘못했거나 예준이가 잘못해서 그런 경우가 거의 대부분인데 나만 꾸중하시니까 그럴 때는 정말 너무 억울하고 화가 난다.

그때 정말 화가 났어요

최고

초등학교 4학년 때였다. 내가 한 일이 아닌데 선생님께서 나에게 책임을 물으며 잔소리를 하셨다. 나는 사정 설명을 하려고 애썼지만 선생님은 계속 내가 잘못이라고 하면서 혼내셨다. 나는 화가 나서 원래 책임이 있는 애한테 찾아가 책상을 엎고 싸웠다.

그때 정말 화가 났어요

김희원

오늘 있었던 일이다. 오늘은 공부방에 좀 일찍 오게 됐다. 학습실에서 게임을 하고 놀다가 문 밖으로 나가려는데 공부방오빠가 뒤에서 욕을 했다. 내가 욕을 들을 상황은 전혀 아니었기 때문에 내게 하는 욕은 아니겠지 하고 그냥 지나갔다. 그런데 손을 씻으려고 갔을 때에도 같은 욕을 또 들었다.

나는 "왜 선시냐!"며 화를 냈다.

* 先是 : 먼저 시비를 걸다.

그때 정말 화가 났어요

신희장

오늘 희원이가 했던 화났을 때 이야기의 주인공이 김하빈 오빠인 것 같았다. 그래서 김하빈 오빠라고 했다가 오빠에게 욕을 얻어먹었다. 범인이 김하빈 오빠가 아닌 것으로 밝혀졌지만 욕을 먹은 것은 화가 났다. 사실이 아닌 이야기를 함부로 얘기한 것은 미안하다. 하지만 욕을 하는 것은 잘못된 일이라고 생각한다. 사과를 받고 싶다.

그때 정말 화가 났어요

김다은

수영장에서 있었던 일이다. 나는 처음 타보는 미끄럼틀에 긴장도 되고 떨리기도 하였다. 들뜬 마음으로 미끄럼틀을 타면서 내려왔는데 처음이라서 그런지 물도 많이 먹고 힘들게 일어났다. 그런데 딱 일어서는 순간 갑자기 누군가가 내 머리를 눌러서 다시 물 안으로 들어갔다. 엄청 놀라고 물이 몸 안에 찬 것 같아서 무척 고통스러웠다. 간신히 올라왔는데 어떤 모르는 남자분이 나를 보더니 그냥 "죄송합니다."하고 가버렸다. 매우 당황스러웠고 화가 났다.

내가 기가 막혀 있는데 안전요원이 걱정을 해주었다. 마음이 풀리고 좋았다!

그때 정말 화가 났어요

김진영

나는 학교 점심시간에 밥을 먹으려고 밥을 받고 있었다. 그날 맛있는 후식이 나오는 날이었다. 한 친구는 맛있는 걸 주었는데 또 다른 친구가 거기에 김치를 막 묻혀주었다. 나는 몹시 화가 났다. 식판을 집어던지고 김치를 묻혀준 친구와 싸우려고 했다. 책상에 엎드려 있다가 친구가 옆에서 계속 사과해서 마음을 풀고 화해하였다.

그때 정말 화가 났어요

김하빈

내가 중학교 1학년 때였다. 공부방 수업이 끝나고 라이거라는 PC방 뒤에 앉아있었다. 그런데 갑자기 얼굴에 진영이형의 거인만한 손바닥이 날아왔다. 맞을 때 아프지는 않았지만 기분이 약간 나빴다. 그런데 진영이형이 계속 때렸다. 나는 완전히 폭발해서 진영이형 팔을 잡고 흔들었다. 형에게 기분이 상한 채로 산곡북초등학교 쪽으로 가고 있는데 엄마, 아빠를 만났다. 나는 순간적으로 기지를 발휘하여 할리우드액션으로 형에게 데려다줘서 고맙다고 인사하고 부모님과 함께 갔다.

그때 정말 화가 났어요

요시타마 히로시

공부방에 오면 자주 아이들이 ○○○과 엮는다. 나는 그 사람과 아무 관계가 없는데 계속 ○○○과 엮어서 화가 난다. 아니라고 하면 아닌 줄 알 것이지 왜 자꾸 그러는지 모르겠다. 이제 안했으면 좋겠다.

15회

그때 정말 아팠어요

2015. 12. 22

그때 정말 아팠어요

이진성

초등학교 2학년 때였다. 학교 가는 길에 계단에서 떨어져서 이마에 멍이 들었다. 머리가 너무 아팠다. 그런 상태로 학교에 갔는데 담임선생님이 보고도 괜찮냐고 안 물어봐서 마음도 아팠다.

그때 정말 아팠어요

김지민

며칠 전 양치를 하다가 잇몸 정가운데를 콱! 찔렀다. 그때는 살짝 피가 났을 뿐이었다. 그러나 다음날이 되니까 그 부분에 입병이 난 것처럼 하얗게 덧나 있었다. 그 이후로 국물을 먹을 때나 양치를 할 때나 계속 아프다. 원래 입병이 나면 계속 혀로 만져보게 된다. 게다가 입 안이 아프니까 만나는 사람들마다 다친 이야기를 하고 이야기를 한 다음에는 다친 부분을 보여주게 된다. 그래서 더 빨리 안 낫는 것 같다. 지금도 계속 아프다.

그때 정말 아팠어요

김진영

초등학교 6학년 때였다. 체육관에서 고깔을 팔에 끼고 깝치다가 넘어져서 앞니 2개가 부러졌다. 부러진 이빨을 줍고 보건실 가서 쉬다가 보건 선생님께서 따뜻한 물을 주셔서 마시는데 이빨이 너무 시렸다. 물을 마실 수가 없었다. 담임선생님이랑 학교 근처 치과에 치료하러 갔다. 치료를 받는 중에 긴장이 풀렸는지 잠이 들었다.

그때 정말 아팠어요

김희원

난 쇄골이 부러졌을 때가 제일 아팠던 것으로 기억한
다. 나는 장난감통에 들어가서 자주 놀았었다. 소파 위에
장난감통을 올려놓고 그 안에 들어가서 통통 뛰어 내려
올려고 했다. 그러나 소파 위에 장난감통을 올려놓고 그
안에 들어가서 앉자마자 통이 기울면서 바닥으로 떨어져
어깨를 세게 부딪쳤다. 병원에 가보니 쇄골이 부러졌다
고 했다. 한 달 동안 학교를 안 갔다.

그때 정말 아팠어요

최고

초등학교 6학년 때 나는 정말 심하게 허리가 아팠다. 몸을 가눌 수가 없었다. 허리를 숙이면 일어날 수 없을 정도였다. 아직 다 나아지진 않았지만 점차 자세교정을 하면서 스무스해지고 있다.

그때 정말 아팠어요

장민재

작년에 공부방에서 저녁을 먹고 진영이형이랑 유선이 형을 따라 밖으로 나갔다. 형들이 담에 올라갔길래 나도 올라갔다. 그런데 어느 큰 지붕을 밟았는데 그만 밑으로 떨어졌다. 착지를 잘못해서 오른발 위 인대가 손상되었다. 무척 아팠다. 바로 병원을 가서 반깁스를 했다.

그때 정말 아팠어요

김예린

초등학교 6학년 체육시간이었다. 뜀틀을 하였다. 체육 선생님들 두 분이 설명하고 직접 시범을 보여주셨지만 솔직히 난 그게 이해가 안 되었다. 여자, 남자를 나누고 여자는 3칸, 남자는 5칸을 뛰어넘어야 했다. 출석번호로 줄을 서서 차례로 뛰었다. 난 2번째였다. 그런데 내 앞에서 뛴 처음 애가 실수를 하였다. 그 모습을 보고 '아, 난 저렇게는 안하겠지.'라고 생각하고 뛰었다. 그러나 잘못 뛰어서 손이 접질렸다. 그런데 그 뛰던 모습이 웃겼는지 애들은 모두 웃었다.

그렇지만 그날은 알림장도 안 썼고 청소도 짝이 대신해주어 편했다.

그때 정말 아팠어요

김하빈

 나는 초등학교 5학년 가을이 기억난다. 학교 점심시간 이었다. 약간 비가 오고 바람도 불고 있었다. 친구들과 축 구를 하는데 내가 골키퍼였다. 공을 잡으려고 다이브를 하다가 발이 골대에 있는 그물망에 걸리고 말았다. 발이 쉽게 빠지지 않아 겨우겨우 빼냈다. 그런데 몸은 내 의지 와는 달리 일어나지지가 않았다. 그래서 바로 병원을 갔 는데 발목이 나갔다는 것이다.

 그 다음 주 월요일부터는 12만5천원짜리 영어마을이었 다. 나는 빠질 수가 없었다. 그런데 나는 하필 운동부라서 운동을 안 할 수가 없었다. 발목이 아픈 채로 운동을 하면 서 죽는 줄 알았다.

그때 정말 아팠어요

김다은

지금은 나아졌지만 나는 빈혈을 좀 가지고 있었다. 초등학교 2학년 때였다. 우리반 모두 서서 혼나고 있었다. 그런데 갑자기 앞이 흐려지면서 하얘지고 매우 어지러웠다. 갑자기 몸에 힘이 풀리면서 쓰러지고 말았다. 선생님은 당황하시면서 걱정하셨다.

5학년 때에는 우리반 아이들은 자주 꾀병을 앓으며 조퇴를 많이 했었다. 그래서 우리반 담임 선생님께서 의심이 많아지셨다. 어느 날 나는 몸살감기가 심하게 나서 공부를 할 수가 없었다. 집에 가야겠다 싶어서 선생님께 말씀드렸지만 믿어주지 않으셨다. 그래서 혼자 죽을 거 같이 앓았는데 어느 순간부터 기억이 나질 않는다. 쓰러졌던 것이다!

그때 정말 아팠어요

신희장

오늘 저녁에는 유난히 배가 고팠다. 점심을 부실하게 먹은 탓이었다. 오늘 점심 급식은 진짜 먹을 것도 없고 맛도 없었다. 급식을 다 받고 급식판을 보는 순간 마음이 정말 아팠다.

16회

그때 정말 좋았어요

2016. 01. 05

그때 정말 좋았어요

김하빈

나는 오늘이 정말 좋았다. 오늘 장난을 치다가 공부방에서 쫓겨났다. 그래서 밖에 앉아 공부방 수업이 끝나기를 기다리는데 해바라기 선생님께서 나를 보시고 다시 들어가 목련 선생님께 죄송하다하고 수업을 하라고 하셨다. 그러나 자존심 때문인지 뭔지는 몰라도 들어가기 싫었다. 그래서 계속 앉아있었다. 그런데 진영이형이 왔다. 형이 설득을 하는데 뭔가 기분이 좋았다.

그때 정말 좋았어요

신회장

나의 5학년 때 담임선생님은 갓 대학을 졸업해 우리가 첫 제자인 초보선생님이었다. 우리가 첫 제자여서 우리에 대한 사랑이 특별히 지극하셨다. 특히 우리 황금똥을 더욱 각별하게 여기셨다. 토요일에 선생님까지 넷이 만나 따로 놀러갈 정도였다.

시간이 흘러 학년도 바뀌고 우리 졸업식 날이 되었다. 졸업식이 끝나고 당시 3학년 1반 담임이셨던 5학년 담임선생님을 뵙고 싶었다. 우리는 선생님을 찾아 3학년 1반 교실로 갔다. 그런데 선생님께서 울고 계셨다. 우리가 졸업해 몹시 아쉬우셨던 것이다. 그 모습을 뵙고 우리도 같이 울었었다.

그때는 그렇게 슬펐지만 이제 생각해보니 선생님께서 우리를 위해 눈물을 흘리셨다는 것이 감동적이고 좋다.

※ 황금똥 : 서원을 포함한 3총사의 별명. 1회 나의 이름 참조.

그때 정말 좋았어요

김지민

　나에게는 6학년 때부터 목욕탕을 같이 다니던 2명의 친구들이 있다. 한 명은 다른 학교이고, 다른 한 명은 나와 같은 반이다. 다른 학교 다니는 친구가 10월쯤에 생일이어서 만나기로 하고 다른 친구와 생일선물을 준비했다. 그런데 이런저런 이유로 11월이었던 내 생일도 지나고 같은 반 친구의 생일이 가까워지도록 만나지 못했다. 같은 반 친구 생일날 다른 학교 다니는 친구와 다 같이 만나기로 하고 그 전에는 같은 반 친구하고만 놀았다. 그런데 같은 반 친구가 30분을 늦었다. 친구가 미안하다고 다신 안 그러겠다고 약속했다.

　친구의 생일날이 오고 그 날은 2명 둘 다 늦게 왔다. 화를 식히며 기다리는데 겨우 아이들이 왔다. 화를 내려고 했지만 친구들이 생일선물을 꼭 안고 있는 모습을 보고 바로 기분이 좋아졌다. 그 뒤로 신나게 놀았다.

그때 정말 좋았어요

김진영

졸업여행으로 목련 선생님 가족이 1년 동안 임대한 펜션으로 놀러갔었다. 나는 도착하자마자 맨 꼭대기 펜션이 목련 선생님네 것인 줄 알고 뛰어가서 바로 들어갔다. 그런데 왕벌들이 위에서 우두둑 머리에 떨어져서 깜짝 놀랐다. 다행히 모자를 쓰고 있어서 살았다. 모자를 안 썼으면 죽을 뻔했는데 모자 덕분에 살아서 너무 좋았다.

그때 정말 좋았어요

김희원

용돈 받은 지가 얼마 되지 않아서 돈도 있는데 치킨이 너무 먹고 싶어서 치킨을 주문했다. 맛있게 혼자 다 먹고 '나, 치킨 먹었다!' 자랑하려고 치킨 먹었던 것을 치우지 않고 컴퓨터 게임을 하고 있었다. 조금 뒤 엄마가 오셔서 는 치킨포장을 보시고 혼자 다 먹었냐며 놀라셨다.

그때 정말 좋았어요

이진재

나는 전에 꽤 큰 돈을 모은 적이 있었다. 그런데 어느 날 친구들에게 여러 가지를 쏘면서 그 돈을 다 썼다. 친구들이 기뻐하였고 그렇게 즐겁게 놀다보니 아빠 마음처럼 기뻤다. 그러나 지금 생각해보니 많이 아깝다.

그때 정말 좋았어요

장민재

작년 1학년 1학기 1회 고사를 보고 순위가 궁금해서 담임선생님을 따라갔다. 그때 선생님 책상 위에는 반배치 고사 순위표가 펼쳐져 있었다. 얼핏 그것을 보고 무척 좋았다. 내 평소 등수보다 훨씬 높았기 때문이다.

그때 정말 좋았어요

김다은

중학교를 배정표를 받는 날이었다. 초등학교를 가서 두근거리는 마음으로 내가 다닐 중학교가 어디가 될지 기다리고 있었다. 드디어 선생님께서 오시고 종이를 나누어주셨다. 내 번호가 불려서 일어나 나가는데 앞 번호친구가 앞에 있었다. 내 종이를 받아들었는데 큰 글씨로 '산곡여중'이 써 있었다.

나의 1지망은 청천중이었고 2지망은 산곡여중이었지만 2지망은 다른 선택지가 없어서 썼을 뿐 나는 산곡여중을 가기 싫었다. 그런데 종이를 본 순간 슬픔이 밀려왔다. 그런데 그 순간 내 앞번호가 나에게 와서 종이가 바뀌었다고 말해주었다. 거기에는 청천중이라 씌어 있었다. 난 너무 좋았다.

그때 정말 좋았어요

김예린

부모님에게서 금요일부터 갑자기 여행이야기가 나오
더니 일요일에 영덕으로 내려갔다. 밤늦게 영덕에 도착
하여 잠을 자고 다음 날인 월요일 낮에 점심으로 대게를
먹었다. 정말 맛있게 먹었다. 얼마나 많이 먹었는지 이제
는 질린 상태라 다시 줘도 별로 먹고 싶지 않을 정도이다.
그러나 대게를 먹으며 참 좋았다. 가족과 함께하는 것도
좋고 맛있는 것을 많이 먹은 것도 좋고 심지어 맛있는 것
을 질릴 만큼 많이 먹을 수 있었던 것도 참 좋았다.

17회

○○이는
나중에 이럴거야

2016. 01. 11

○○이는 나중에 이럴거야

김진영은 …

사이타마와 같이 우리의 도시를 지키고 싶은 꿈을 가진 김진영! 진영은 멋진 집을 짓고 싶고 갖고 싶습니다. 시작을 안하면 안했지 일단 시작하면 포기하지 않고 꾸준히 지속하는 성격입니다.

김진영

최고는 농부가 될 것 같다. 왜냐하면 최고는 끈기가 있고 체력도 있으며 시골을 좋아하기 때문이다.

○○이는 나중에 이럴거야

최고는 …

맛있는 것을 먹으면 기분이 좋아지는 유쾌한 최고! 오순도
순 세계최강 슈퍼 존잘남 매너좋은 상남자!
최고는 끈기 있고 명랑합니다. 언젠가는 암벽을 등반해 보
고 싶다는 멋진 꿈을 갖고 있습니다.

최고

　김희원은 커서 메이크업 아티스트가 될 거 같다. 왜냐
하면 우리공부방에서 화장도 예쁘게 제일 잘하고 손재주
도 남다르기 때문이다.

○○이는 나중에 이럴거야

> **김희원은 …**
> 자잘하고 영리한 꾀가 많은 김희원은 손재주도 많습니다.
> 재미있고 유용한 생각을 많이 해서 사람들을 행복하게 해주
> 는 사람이 될 것입니다.

김희원

김진영 오빠는 나중에 짜장면 알바를 하다가 직원이
될 것 같다. 직원에서 계속 승진을 하다가 알바생에서 사
장이 될 것이다. 왜냐하면 김진영 오빠는 시작을 안하면
안했지 일단 시작하면 포기하지 않고 꾸준히 지속하기
때문이다.

○○이는 나중에 이럴거야

보리

김하빈은 발명가가 될 것 같다. 김하빈은 머리도 좋고 엉뚱한 생각도 잘하고 순간적으로 위기를 해결하는 재치도 있다. 아이디어가 반짝이니까 유용하고 좋은 물건을 만들어내는 발명가가 되면 좋겠다.

○○이는 나중에 이럴거야

김하빈은 …
김하빈은 거대한 희망이 있습니다. 우주여행, 지구를 지름길로 가로질러보기 등 정말 원대합니다. 언젠가는 그 꿈을 이룰 것입니다.

김하빈

김다은은 변호사가 될 것 같다. 왜냐하면 말을 잘하는데다 볼 때마다 많은 친구들과 함께 있기 때문이다. 그런 점을 보면 말도 잘하고 여러 사람과 의견조율도 잘한다는 생각이 든다. 그래서 변호사가 되면 합의도 잘보고 변론도 잘할 것 같다.

○○○이는 나중에 이럴거야

> **김다은은 …**
> 무슨 일이든 완벽을 추구하는 김다은! 말도 잘하고 인기도
> 좋은 다은이는 사람들의 믿음을 받는 사람이 될 것입니다.

김다은

예린이는 커서 아이들을 돌보는 유치원교사가 될 것
같다. 그 이유는 예린이가 아이들을 많이 좋아하고 잘 놀
아주며 자기도 재밌어하기 때문이다. 유치원 교사가 정
말 잘 맞을 것 같다. 예린이가 동화책도 읽어주면서 아이
들과 같이 놀고 있는 장면을 떠올리면 괜히 뿌듯해진다!

○○이는 나중에 이럴거야

> **김예린은 …**
> 당장은 쓸데가 없어도 아름다운 수많은 생각을 가진 김예
> 린! 다정한 예린이는 동물이나 아기들을 돌보는 사람이 될
> 지도 모릅니다.

김예린

　형은 우주대통령이 될 것이다. 초등학교 6학년 때 국어
시간에 선거를 배우면서 그 단원 마지막 시간에 선거를
하였다. 형이 우주대통령 선거에 나가 당당하게 당선이
되었다. 정말로 형이 우주대통령이 된다면 이 우주가 화
목하고 사이좋게 지낼 수 있을 것이다.

　※ 형은 신서원이다. 신서원이 황금똥 삼총사의 맏이기 때문에
형이라 호칭하는 것이다.

○○이는 나중에 이럴거야

> **신서원은 …**
> 남의 이야기에 귀 기울이고 자기 일처럼 공감할 줄 아는 신
> 서원! 서원이는 이 나라와 이 사회를 사랑하고 있습니다.
> 우리를 위해 좋은 일을 하는 훌륭한 사람이 될 것입니다.

신서원

이진성오빠는 나중에 창업을 하거나 사업가가 될 것
같다. 실제 성격이나 성향을 자세히는 모르지만 외모가
듬직하여 사장님 같은 느낌이 난다.

○○이는 나중에 이럴거야

> **이진성은 …**
> 듬직하고 믿음직한 글 잘 쓰고 그림도 잘 그리는 이진성!
> 언젠가는 아주 유명한 상을 탈 것입니다.

이진성

민재는 커서 수학선생님이 될 것 같다. 왜냐하면 민재는 수학을 잘한다. 수학성적이 80점은 늘 넘는다. 그리고 민재는 모르는 것을 물어보면 잘 가르쳐준다. 그래서 민재는 좋은 수학선생님이 될 것 같다.

○○이는 나중에 이럴거야

> **장민재는 …**
> 따뜻한 마음을 착한 행동으로 보여주는 친절한 장민재!
> 언젠가는 시간이 시작되는 영국 그리니치천문대에서 유럽
> 여행을 시작할 것입니다.

장민재

　김지민은 선생님이 될 것 같다. 김지민은 참을성이 많아서 놀려도 잘 참는다. 최근에 외모로 애들이 놀렸는데 화를 거의 내지 않았다. 좋은 선생님은 보통 참을성이 많으신 것 같다. 그래서 김지민도 좋은 선생님이 될 것 같다.

○○이는 나중에 이럴거야

> **김지민은 …**
> 책읽기를 좋아하고 참을성이 많으며 성실하고 신중한 김지
> 민! 지민이는 무엇을 하든 상상 이상으로 멋진 사람이 될 것
> 입니다.

김지민

서원이는 상담사가 될 것 같다. 왜냐하면 서원이는 남
의 감정에 잘 공감해주기 때문이다. 그렇게 생각한 까닭
은 저번에 친구가 올 때 보니 서원이가 어느새 같이 울고
있었다. 또 영화를 볼 때도 감정을 이입하며 잘 몰입해서
보기 때문이다.

18회

나의 소망, 나의 꿈
만나고 싶은 사람

2016. 01. 12

만나고 싶은 사람

장민재

　나는 초등학교 6학년 때 담임선생님을 뵙고 싶다. 그 선생님은 나의 형도 아시고 친척도 아시던 분이라 나에게는 조금 더 특별한 분이셨다. 그런데 내가 초등학교를 졸업한 후 강화도로 전근을 가셨다. 다시 한 번 만나 뵙고 감사하다는 인사를 하고 싶다.

만나고 싶은 사람

신서원

  나는 몇 달 전 내 꿈에 나왔던 김재박이라는 사람을 만나고 싶다.

  꿈에 공부방 여자들끼리 여행을 갔다. 내가 마트에서 물건을 사가지고 머물기로 한 숙소로 혼자 오는 길에 재박이를 만났다. 재박이는 경찰복을 입고 있었고 자신이 25살이라고 소개했다. 그리고 몇 시간 후 위험이 오면 그 앞에 있는 경찰서로 들어와 김재박을 3번 외치라고 당부하고 갔다.

  그 후 지구가 어떤 악당들의 침략으로 위험에 처했다. 우리는 위험을 얼른 알아차리고 사람이 몰려있는 밖으로 나갔다. 악당들의 감시 속에 사람들이 웃으면서 놀고 있었다. 우리도 무슨 상황인지 몰라 같이 놀았다. 그러나 한 순간 앞에 경찰서가 보이고 그 안에 재박이도 보였다. 경찰서를 쳐다보자 날 노려보는 선글라스 쓴 남자와 눈이 마주쳤다. 그 순간 나는 재박이가 말한 위험한 순간임을 깨달았다. 나는 얼른 정신을 차리고 경찰서로 뛰어들어가 김재박을 세 번 크게 외쳤다. 경찰서 유리창 밖으로 그 악당이 화난 표정으로 소리치고 있었다. 경찰서 안쪽으로 들어가니 낮에 보았던 재박이가 잘했다며 안아주었다. 그 후 꿈에서 깼다.

꿈이었지만 재박이는 무척 잘 생기고 멋있었다. 그래서 꼭 한 번 만나고 싶다.

만나고 싶은 사람

김다은

 나는 외할아버지, 외할머니를 만나고 싶다. 나는 외할 아버지, 외할머니를 뵌 적이 없다. 외할아버지와 외할머 니는 언니가 3살 때 돌아가셨기 때문이다. 엄마와 언니는 가끔 사진을 보면서 외할아버지, 외할머니의 얘기를 하 는데 나는 뵌 적이 없으니까 말할 것도 없고 대화에 참여 할 수도 없다. 엄마가 외할아버지, 외할머니의 제사를 지 낼 때는 궁금증이 더하지만 엄마 앞에서 말하면 슬퍼하 실까 봐 말 꺼내기가 더 조심스럽다.

 그래서 외할아버지, 외할머니를 뵙고 직접 대화를 나눌 수 있다면 반가울 것 같고 궁금한 것도 해결하고 아주 기 쁠 것 같다.

만나고 싶은 사람

이진성

나는 할아버지를 보고 싶다. 실제로는 한 번도 뵌 적이 없고 사진으로만 뵈었는데 큰아버지와 아주 닮으셨다. 제사를 지낼 때는 사진을 보면서 성격은 어떠셨을까 생각해 본다. 한 번 만나서 어떤 분인지 알고 싶다.

나의 소망, 나의 꿈

김예린

나는 닭을 많이 기르고 싶다. 물론 닭을 조금 무서워하긴 한다. 그러나 어릴 때 외할머니 댁에 놀러가면 텃밭 옆으로 울타리를 친 마당처럼 넓은 뜨락에 닭들이 참 많았다. 내가 놀러갔을 때마다 외할머니는 닭을 잡아 맛있게 삼계탕을 해주셨었다. 그 맛을 잊을 수가 없다. 또 닭들을 보고 있으면 그냥 좋았다. 닭을 많이 기르면서 그렇게 다시 볼 수 있으면 좋겠다.

나의 소망, 나의 꿈

김진영

나는 커서 내가 살 집을 짓고 싶다. 나의 집에는 방이 3
개, 부엌 1개 있고 방마다 화장실이 따로 있다. 내 방에는
지하실이 있는데 지하실에는 컴퓨터랑 TV가 있다. 그리고
마당에는 강아지(오브차카, 핏불테리어)를 키울 것이다.

나의 소망, 나의 꿈

최고

난 높은 곳을 올라가는 것을 좋아한다. 한 번은 학교 지붕 같은 곳 위로 공이 올라가서 창문을 타고 올라갔었다. 위험해 보였지만 높은 데 올라가는 것이 짜릿하여 재미있었고 끝까지 올라가면 무척 좋았다. 그래서 나는 암벽등반을 해보고 싶다. 그렇게 올라가는 것도 재미있고 높은 곳에서 멀리 보는 것도 즐거울 것이다.

나의 소망, 나의 꿈

김희원

 간절한 꿈이라고 하기는 어렵지만 나는 소망이 있다면 안무가를 해보고 싶다. 유튜브에서 가끔씩 해외안무가들이 직접 안무를 짜고 동선까지 결정하는 것이 아주 멋져 보여서 나도 그런 안무가가 되어 직접 안무를 짜고 동선 정하는 것을 해보고 싶다.

나의 소망, 나의 꿈

김지민

나는 군대체험을 해보고 싶다. TV프로그램 중 군대체험을 하는 프로그램이 있다. 거기에서 생전 처음 보는 사람들과 훈련받고 이야기 나누고 웃는 모습과 훈련을 받으며 전우를 돕는 모습이 아주 인상적이었다.

나도 그런 감정을 느껴보고 싶다. 학교에서 만나는 친구와 일상적으로 나누는 우정과는 느낌이 다를 것 같기 때문이다.

나의 소망, 나의 꿈

김하빈

  나는 오늘 집에 잘 들어갔으면 좋겠다. 왜냐하면 예전부터 진영이형을 기다리고 함께 오느라 자주 공부방에 늦었었다. 그런데 오늘 문제가 생겼다. 선생님께서 아이들과 선생님께 계속 피해를 주는 것은 안된다고 판단하셨기 때문이다. 그래서 난 오늘이 잘 지나가면 좋겠다.

가보고 싶은 나라,
여행하고 싶은 곳

2016. 01. 19

가보고 싶은 나라, 여행하고 싶은 곳

김지민

나는 일본에 가보고 싶다. 중학교 2학년이 되어서 일본어를 배우기 시작했다. 그런데 일본어 선생님께서는 일본 사람들을 아주 좋아하셨다. 저번에는 지진이 일어났을 때 일본인들의 행동 등을 보여주셨다. 우리나라 사람들과 달리 놀랍게 질서 있고 차분한 모습이었다.

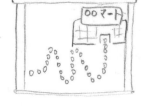

그래서 일본에 가서 그 사람들을 직접 보고 싶다. 그리고 한국에서 먹어본 일본 음식이 일본에서는 어떤 맛인가 제대로 먹어보고 싶다.

가보고 싶은 나라, 여행하고 싶은 곳

김다은

나는 남극을 가보고 싶다. 애니메이션 <마다가스카르>를 보면 펭귄과 곰이 나온다. 이런 동물들을 실제로 보고 싶다. 그리고 내가 직접 이글루를 지어서 그 안에 머물면서 추울 때 먹는 라면이 얼마나 맛있는지도 알고 싶다.

가보고 싶은 나라, 여행하고 싶은 곳

장민재

영국의 그리니치 천문대를 가보고 싶다. 중1사회시간 때 경도, 위도를 배웠다. 경도는 시간에 따라 달라지는데 경도 0도의 시간은 어떤 것일까 궁금하다. 위도 0도는 더울 것 같아서 가고 싶지 않다.

그래서 경도 0도가 어디인지 궁금해서 검색을 해보았더니 영국의 그리니치 천문대였다. 그래서 경도0도인 천문대, 영국의 그리니치 천문대에 한 번 가보고 싶다.

가보고 싶은 나라, 여행하고 싶은 곳

김진영

나는 태국에 가서 수상가옥을 짓고 살고 싶다. 비가 많고 습한 태국은 기후의 특징상 수상가옥을 많이 짓고 산다고 한다. 수상가옥에서 살면 집에서 낚시도 바로 할 수 있고 외출할 때는 배를 타는 것이 무척 재미있을 듯하다.

가보고 싶은 나라, 여행하고 싶은 곳

최고

    나는 브라질 리우데자네이루라는 곳에 가보고 싶다. 그
곳에는 세계에서 제일 큰 예수상이 있다. 이곳을 헬리캠
으로 찍은 풍경을 보았는데 너무 아름다웠다. 그 풍경을
내 눈으로 직접 보고 싶다.

가보고 싶은 나라, 여행하고 싶은 곳

신회장

나는 영국의 리버풀이란 도시를 가고 싶다.

1학기 때 사회 시간에 가고 싶은 곳을 조사해보는 숙제가 있었다. 그래서 평소 축구의 도시로 관심이 많았던 리버풀을 조사해보았다. 그런데 리버풀은 내가 알고 있는 것보다 훨씬 흥미로운 도시였다. 영국에서 손꼽히는 아름다운 항구도시였고 비틀즈가 탄생한 도시였다. 물론 리버풀FC의 홈구장인 안필드 구장이 있는 곳이기도 하다. 그래서 리버풀을 꼭 가보고 싶다.

가보고 싶은 나라, 여행하고 싶은 곳

이진성

나는 스페인 마드리드에 있는 베르나베우 축구장에 가
보고 싶다. 거기에서 레알마드리드와 바르셀로나의 경기
를 한 번 볼 수 있다면 정말 좋겠다.

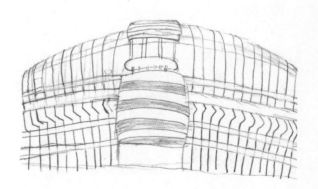

이야기배틀 시즌9를 마치며

2016. 01. 25

이야기배틀 시즌9를 마치며

김진영

 3년 동안 이야기배틀을 했는데 이야기 쓰는 것도 많이는 거 같다. 이야기배틀을 하면서 딴 짓하고 떠들어서 꾸중도 많이 들었다.

이야기배틀 시즌9를 마치여

김지민

주제들을 보고 생각하면서 잊고 있던 좋은 기억들을 되새길 수 있어서 좋았다. 그런데 가끔 생각이 안 나서 애를 먹었다.

이야기배틀 시즌9를 마치며

이진성

월요일마다 빠져서 9번 참여했을 뿐이지만 이야기배틀
을 하면서 글쓰기 실력이 늘어난 것 같아 좋다.

이야기배틀 시즌9를 마치며

장민재

　매 시간마다 이야기를 생각하는 것이 힘들었지만 이 부분을 빼고는 괜찮았다. 이 프로그램을 하고 나서 글 쓰는 방법과 말을 정리해서 하는 법을 조금은 깨우치고 실력도 늘어난 것 같다.

이야기배틀 시즌9를 마치며

최고

이야기배틀을 할 때 발표는 했지만 그 글을 보면 안 될 사람이 있다. 그래서 재미있다. 그리고 처음에는 말할 거리가 없어도 다른 애들의 얘기를 듣다보면 나도 잊고 지내던 추억을 다시 생각하게 되는 것도 재미있었다.

이야기배틀 시즌9를 마치며

김다은

이야기배틀을 해오면서 정말 많은 이야기를 들었다. 웃기도 하고 울기도 하고 감정기복도 적지 않았다. 지금까지 썼던 글을 보니 많은 생각이 난다. 소중한 시간이었다.

이야기배틀 시즌9를 마치여

김예린

솔직히 이야기배틀 시간마다 주제에 맞는 이야기를 생각해내느라고 좀 많이 힘들었다. 하지만 그렇게 생각을 하면서 '아, 내가 그때 그랬지'하는 생각도 들고 좋았다! :)

이야기배틀 시즌9를 마치며

김희원

이야기배틀을 하면서 특별히 재밌었던 것, 힘들었던 것은 없다. 다만 말하는 것이나 글 쓰는 것이 늘었다. 생각이 안 날 땐 비슷하게 짜맞춘 것도 있다.

이야기배틀 시즌9를 마치며

신서원

  항상 이야기배틀 시간이 다가올 때면 '오늘은 또 어떤 이야기를 해야 할까' 고민하였다. 하지만 회를 거듭할수록 글 쓰고 발표하는 것이 발전되는 것 같아 뿌듯하다. 또 다른 사람들의 이야기도 들어보고 여러 가지 생각도 할 수 있었다. 여러 모로 유익한 시간이었지만!! 2016년에는 다른 방식의 이야기배틀도 해보고 싶다.

이야기배틀 시즌9를 마치며

김하빈

나는 처음에는 글쓰기가 어려웠다. 독후감이라도 쓸 때는 책을 다 읊어버렸었다. 그러나 이야기배틀을 하면서 문법도 좀 더 알게 되었고 글쓰기도 더 수월해졌다. 수업을 하면서 선생님께 혼나고 쫓겨나고 이런 기억도 추억이 되었다. 이야기배틀을 마치는 지금은 모든 것이 즐겁다.

이야기배틀의 목표와 희망
- 내가 누구인지 말할 수 있는 자는 바로 나! -

보리 (윤진현, 진행교사)

1. 이야기배틀이 시작된 것은

오순도순공부방에서 '이야기배틀'을 시작한 것이 2009년 가을이었으니 햇수로 벌써 7년입니다. 이즈음 저 보리는 사람들로 하여금 어떻게 '글'로 자신을 표현하게 할 것인가 고민하던 중이었는데 학교에서 강의를 듣는 학생을 제외하고는 필요에 따라 글쓰기 공부를 시작해도 마무리가 잘 되지 않았습니다. 뜻은 있지만 잘 되지 않는 현실을 들여다보니 '글'이 특정계급에 독점되면서 말과 글을 갖지 못하게 되는 하위주체의 실체가 이해가 되었습니다. 입이 있어도 자기 말을 갖지 못한 사람이 있다는 데 생각이 미치니 글쓰기는 어려워서 그렇다 치고 말도 못한다는 것은 용납되지 않았습니다.

그 즈음에 인도의 신 '가네샤 Ganesa'를 알게 되었습니다. 가네샤는 파괴의 신 '시바'의 아들이랍니다. 흔히 부

(富)의 신으로 더 깊이 섬기지만 서기관의 신이었답니다. 힌두교에서 경전급으로 꼽히는 대서사시 『마하바라타』를 지은 시인 비아사는 문맹이어서 가네샤 신이 그것을 받아 적어주었답니다. 시인이 문맹이라니 놀랍지 않습니까? 그런데 문맹이어도 신이 그 시를 받아 적었다니 굉장하지 않습니까? 하여 많은 사람이 볼 수 있게 하고 후대에 길이 남겼다니 글을 쓸 줄 아는 자, 소위 글을 쓸 만큼 공부를 한 자의 소임이 무엇인지 확실하지 않습니까? 글줄이나 쓸 줄 안다면 남들 모르는 어려운 말을 써야 더 폼이 나는 줄 아는 세상에서 변두리 문학박사 겨울보리 윤진현은 뒤통수를 맞은 것처럼 충격이었습니다. 자기 말조차 제대로 할 줄 모른다면 말을 찾아주고, 하게 하고, 받아 적는 게 글공부한 자의 의무가 아닐까 의기를 품었더랍니다.

2. 이야기는 노소동락해야 하지만

그래서 우리 자신의 이야기, 우리 자신이 겪은 일, 우리 자신이 상상한 이야기를 나누는 '노소동락 이야기배틀'이란 프로그램을 기획했습니다. 놀이는 기본적으로 경쟁입니다. 그래서 이야기로 겨룬다는 의미를 담아 '이야기배틀'이라 이름 지었습니다. 자신에 대해 이야기하는 놀이,

그것이 이야기배틀의 근간입니다.

자신에 대해서 이야기를 나누면서 자신을 알아가고 서로를 알아가는 훈련, 그런 필요는 청소년에게만 필요한 것이 아닙니다. 어쩌면 그럴 기회를 제대로 갖지 못하고 생활에 쫓기게 되는 어른이야말로 더욱 필요한 일일 것입니다. 하여 처음에는 당시 함께 공부하고 함께 노는 문화연구모임 '일우'의 회원과 청천동 오순도순공부방의 선생님들과 중학생 청소년이 참여하여 어른과 청소년이 반반이었습니다. 어떤 프로그램이나 오래 진행되는 경우는 1회의 광휘가 잊히지 않기 마련이지만 이때의 보람은 아직도 생생합니다. 언젠가는 이야기배틀이 다시 노소동락할 수 있기를 바랍니다.

그러나 어른들은 여러 가지 사정도 많고 아무래도 생활에 바빠서 차츰 빠지게 되었고 2013년 시즌7부터는 연간계획을 기본으로 목련(이혜란) 선생님 지도로 보리와 중등부 청소년이 참여하는 것으로 바뀌었습니다.

시즌1의 컨셉은 '꼬리에 꼬리를 무는 이야기'였습니다. 있었던 일을 이야기하는 '그랬다'팀, 상상한 것을 이야기하는 '좋겠다'팀, 그날의 1등을 결정하는 심사단 '잘했다'팀으로 나뉘었고 다른 사람의 이야기를 듣고 생각나는 이야기를 이어가는 놀이였습니다. 흔히 '수다'라고 하지만 꼬리의 꼬리를 물고 이야기를 이어가는 자리는 정말 즐겁고 보람 있는 것이었습니다. 세계문학사에서 유명한 복카치오의 『데카메론』이란 소설이 10명의 남녀가 모여 열흘 동안 이야기한 100편을 모은 형태라지만 사람들이 수다처럼 이어간 이야기를 모아 더 많은 사람이 공유할 수 있다면 인간을 이해하고 인생을 이해하는 데 정말 유용할 것입니다.

이어서 시즌2부터는 상황에 따라 이야기하고 싶은 그림이나 사진을 모아 이야기를 나누는 '이야기와 이미지', 함께 읽고 싶은 글을 추천해서 모아 읽고 이야기를 나누는 '함께하는 글', 자신의 이야기 속에 있는 음악을 들려주고 이야기하는 '추억이 있는 음악' 등 여러 가지 주제로 시즌을 이어갔습니다. 그러다가 2012년 하반기 시즌6에 『탈무드』를 읽고 이야기하기를 하면서 말하기만큼 읽기도 중요하다는 것을 공부방 선생님들과 합의하게 되었습니다. 그 사이 공부방에는 기타 배우기, 미술 프로그램, 체육 프로그램 등이 자리를 잡아서 '이야기배틀'이 갖고 있던 놀이성은 조금 후순위에 두어도 괜찮았습니다.

3. 폼나는 것이 내실 있는 것은 아니다.

2013년 시즌7부터는 연간 시즌으로 읽기, 말하기에 집중하였습니다. 그런데 이야기배틀이 자리를 잡고 여러 가지 글을 읽던 친구들이 옛이야기, 극대본 등 여러 장르에 흥미를 느낀다는 것을 알게 되었습니다. 그래서 2014년 시즌8에서는 <우리 멋대로 춘향전>이란 제목으로 연간 프로그램을 진행했습니다. 이 프로그램은 1단계에서는 우리 고전『춘향전』을 읽고 이야기거리를 잡아서 이야기를 나누고 이를 써보고 보리의 피드백을 받아 다시 생각해 보는 것이었습니다. 2단계에서는 미술선생님의 도움을 받아 춘향전의 여러 장면 그려보기, 만들어보기 등 시각 이미지로 재구성해보는 작업을 했습니다. 3단계에서는 그 사이 등장했던 여러 가지 이야기를 모아 시놉시스를 짜고 장면별로 대본을 쓰는 작업을 진행했습니다. 그리고 미디어교육 선생님의 도움을 받아 녹음을 하여 라디오드라마로 만들어 보았습니다.

그 동안 보리는 문화예술교육이 어떠해야 할 것인가 이 분야의 선생님들도 많이 만났고 여러 프로그램을 접하면서 고민이 복잡해졌습니다. 문화예술교육의 기본은 결국 참여자가 자신에 대해 생각하고 상상하고 그것을 표현하고 공유하는데 있다고 판단하게 되었습니다. 하긴 문화예술교육만 그런 것은 아닙니다. 모든 교육의 목표가 그렇지요.

몇몇 자리에서 <우리멋대로 춘향전>을 소개도 하고 자랑도 했는데 반응은 정말 재미있겠다는 것이었습니다. 우리 문학 최고의 고전 <춘향전>을 다 같이 읽고, 읽는 것도 어떤 자세로 어떻게 소리를 내면서 읽어야 좋은가 따져보며 읽고 흥이 나면 제법 동화구연가 같이 연기도 하면서 읽습니다. 그리고 거기에서 이야기 거리를 정하고 돌아가면서 이야기를 하고 그것을 글로 쓰고 그것을 다시 고쳐보고. 읽기, 듣기, 말하기, 쓰기 언어교육의 기본을 모두 수렴할 수 있었습니다. 거기에 멋대로 상상한 이야기가 들어있는 그림들, 마블링으로 만들어낸 멋진 이미지, 우드락으로 발명한 거대한 인물…. 보는 즐거움도 컸습니다. 그리고 참가자의 아이디어를 모아 시놉시스를 짜고 대본을 쓰고 라디오드라마를 만들어 녹음까지 하고 함께 듣는 시간도 가졌으니 그야말로 우수 문화예술교육 사례 발표에 내놓아도 빠지지 않을 정도였습니다.

그러나 정말 칭찬할 것만 있는 것은 아니었습니다. 가끔 반성없는 결과보고서, 사례집 따위를 보게 됩니다. 자랑만 가득한 보고서는 '거의' 교사나 진행자가 중심이 되어 참가자를 이용한 경우입니다. 좋은 문화예술교육 프로그램과는 구분되어야 합니다. 물론 당연히 반성을 해야 한다는 뜻은 아닙니다. 그렇지만 잘된 프로그램에는 더 잘해보고 싶다는 계획이 있고 잘못된 부분이 있는 프로그램에는 어떻게 고쳐갈 것인가라는 고민이 있는 것이 당연합니다. 밖에서 보기에 괜찮은 사례일수록 안을 들여다보면 교사, 진행자, 참가자의 남은 아쉬움과 꿈에 고개를 끄덕이게 됩니다. <우리멋대로 춘향전>에 그러한 아쉬움과 꿈이 남는 것은 당연했습니다.

우리 친구들이 써놓은 드라마는 딱 막장 TV드라마였습니다. 그리고 이는 이야기를 상상하는 대부분 프로그램의 고충이기도 합니다. 춘향이가 꿈을 갖고 노력한다는 시작은 좋았지만, 몽룡이가 춘향 어머니의 인정을 받기 위해 두문불출 3년씩 공부를 한다는 것까지도 그럴 만하다고 할 수 있었지만, 결혼한 춘향이와 몽룡이에게 위기가 찾아오고 불륜을 저지르고 살인을 하고 알고 보니 헤어졌던 자매였고 충격으로 정신병원에 간다는 이야기는 뻔한 막장드라마의 종합판이었습니다. 만든 자신들도 당황스레 막장스럽다고 평가했습니다.

물론 이러한 막장드라마도 이유를 따질 수 있고 배우고 깨달을 것이 있습니다. 슬프게도 어린 청소년들이 결혼을 어떻게 생각하는지, 배신, 인과를 알 수 없는 세계, 죽음 등 세상에 품고 있는 공포와 분노가 무엇인지 <우리멋대로 춘향전>은 생생하게 보여줍니다.

4. 문화예술교육의 목표는

이런 상황에서 제일 필요한 것은 이야기배틀을 왜 하는 가에 대한 원칙 확인이었습니다. 최초의 이야기배틀은 자신의 이야기를 하는 것이 재미있고 필요하다는 데서 시작되었지만 시즌이 거듭되면서 기본적인 언어교육의 목표를 갖게 되었기 때문입니다. 더욱이 한 해 쓸 만한 프로그램을 수행했다고 해서 다음 해에도 비슷한 방식의 프로그램을 진행하고 비슷한 수준의 성과를 내야 한다는 강박은 오히려 교사와 참가자를 지치게 하는 법입니다. 보기에 근사한 프로그램이 되느냐, 어떻게 명실상부 괜찮은 문화예술교육이 되느냐보다 어떻게 기본에 충실한, 참여자에게 의미있는 프로그램이 되느냐가 중요했습니다.

무엇보다 같은 참가자라고 해도 사실은 다릅니다. 작년의 영희는 올해의 영희와 다릅니다. 아이들은 자라고 변화합니다. 문화예술교육 프로그램이 성공적으로 수행되기 위해서는 참여자의 상황, 성격, 분위기 등 디테일한 고려가 필요합니다.

그런 의미에서 1회적으로 만나고 우수하다, 성공했다를 판단하는 것은 교육적으로는 교만이라고 해도 좋겠습니다. 인간에게 한 번 즐거웠던 일, 보람 있었던 일은 경험이지 교육이라고 하기 어렵습니다. 교육이란 궁극적으로는 경험을 생산하는 능력으로 수렴되어야 할 것입니다. 어려서 놀이공원을 다녀와 아주 즐거웠던 경험이 있습니다. 그러면 어른이 되어서도 놀이공원에 가면 같은 즐거움을 누릴 수 있을까요? 대부분의 어른들은 그렇지 못합니다. 그러면 어떻게 해야 '그때 그 즐거움'을 어떻게 '이때 이 즐거움'으로 만들 수 있을까요? 문화예술교육이 '즐거움'을 누리면서 무언가를 배우는 것이라면 그 즐거움의 실체가 무엇인지 느끼고 생각하고 스스로 만들어낼 수 있는 어른이 되도록 돕는 데 그 목표를 두어야 할 것입니다.

하여 1회, 1년으로는 부족합니다. 중등부 프로그램이라면 3년은 염두에 두는 것이 당연할 것입니다. 그러나 으레 1학년에 시작하여 3학년으로 마무리되는 것도 아니니 개별 프로그램의 독자성도 감안되어야 할 것입니다. 다행히 중등부쯤 되면 사고나 성장이 점진적이라기보다 파상적이라고 할 수 있습니다. 중등과정에 필요한 사고와 경험을 영역을 다양하게 고려하면서 계획되어야 할 것입니다.

5. 바른 질문에서 바른 답변이 나온다.

2015년 이야기배틀은 본래 '마이 픽처스 마이 스토리'라는 제목으로 참가하는 학생들이 사진, 그림, 만화 등 시각자료를 준비해 와서 이야기를 한다는 구상이었습니다. 이야기를 하고 이에 맞는 그림도 그려본다는 부수적인 구상도 있었습니다. 그러나 신입 1학년의 수가 많고 자료를 읽고 생각하고 말하는 프로그램에 집중하던 학생들에게도 약간 어렵게 받아들여졌습니다. 아이들을 잘 알고 굳게 믿고 극진히 사랑하는 목련(이혜란) 선생님의 확신이 아니었다면 일견 후퇴처럼 보이는 기본 프로그램으로의 회귀가 어려웠을지도 모릅니다.

이야기배틀 시즌9 '나 이런 사람이야'는 자신의 내면을 들여다보는 아주 기초적인 질문에서 시작했습니다. 이전의 프로그램을 참고하여 30여 개의 질문을 만들었고 참가자들과 이중 20개를 추렸습니다. 이야기거리를 정할 때 학생들은 이런 제목이라면 무슨 이야기를 할 것인가 생각하면서 결정하였습니다. 덕분에 이야기배틀을 진행하면서 '생각이 안 날 때'는 이야기할 것이 있어서 결정한 것이라고 우리 자신을 격려할 수 있었습니다. 제목을 정한 후에는 진행순서, 시간 배정 등을 모두 의논하여 결정했습니다. 함께 의논해서 규칙을 정하고 규칙을 어길 경우 책임을 지는 것은 오순도순공부방의 생활원칙이기도 해서 어렵지 않았습니다.

사실 이러한 프로그램을 진행하면서 학생들이 스스로

결정할 수 있는 것은 많지 않습니다. 더욱이나 교육에서 피교육주체들은 그 자체로 수동적이기 쉽습니다. 정해진 규칙이 있고 규칙을 잘 지키거나 어기면 상벌을 결정하는 것은 가능하지만 규칙 자체를 정하는 것은 자주 할 수 있는 것이 아닙니다. 하지만 실행하고 상이나 벌을 받는 일 말고 원칙, 규칙을 정할 줄 알아야 건강한 시민, 능동적인 주체로 성장하는 것이 수월할 것입니다. 보통 여러 기관에서 프로그램을 지원할 때는 거의 완성된 계획서를 요구하고 이에 준하여 시행해야 한다고 생각하지만 문화예술교육 프로그램이 제대로 진행될 때는 단계에 따른 조정은 필수적입니다. 참가자들과 친해질 때, 참가자들을 충분히 이해하고 판단하게 될 때, 어떤 결과물을 원만하고 의욕적으로 성취할 수 있을 것인가 하는 판단이 필요하고 그에 따라 프로그램의 방향을 조정하는 것은 당연하기 때문입니다.

질문들은 평이하고 간단했습니다. 자신의 이름, 가족, 친구, 친척 소개하기, 자신의 주변에서 있었던 일, 싫었던 일, 슬프고 좋았던 일, 아프고 화났던 일……. 그 순서는 이 책의 순서와 같습니다. 그리고 이렇게 간단하면서도 쉬운 질문을 받자 학생들은 쉽고 분명하게 자신을 돌아보고 생각하기 시작했습니다. 듣고 싶은 것이 이들 자신의 이야기라면 그런 이야기를 들을 수 있는 질문을 해야 했던 것입니다. 그래서 아름답고 재미있고 눈물 나는 이야기배틀 시즌9의 솔직한 이야기가 탄생했습니다.

6. 사족이지만

아이들에게 좋은 말, 바른 말을 뻔하게 하는 것이 이야기는 아닙니다. 이야기배틀에서는 잘못을 고백해도, 잘못을 고자질해도 사후에 그것으로 문제 삼지 않기로 되어 있습니다. 그래서 별별 이야기를 솔직하게 들을 수 있었습니다.

예를 들면 보리와 목련선생님은 흡연자가 아닙니다. 담배연기, 담배냄새 싫어합니다. 그러나 이 친구들에게 '야마빵'이라고 하는 것을 배웠습니다. '야마빵'은 화가 났을 때 피우는 담배랍니다. 모모한 친구들은 화가 났을 때 끝장을 보고 싸우려고 했으나 친구가 야마빵을 권해서 담배 한 대 피우고 화를 풀고 화해했답니다. 어른들도 화가 났을 때 담배 한 대 피우고 마음을 진정하는 경우가 많습니다. 치고 박고 싸우고 더 큰 잘못을 저지를 뻔했는데 '야마빵' 한 대 피우고 마음 풀고 화해한 친구들을 어떻게 나무라겠습니까. 당장 끊겠다고 지키지 못할 약속을 하는 것은 아니지만 담배를 피우는 것이 자랑스럽다는 뜻도 아니었습니다.

있는 그대로 인정한다는 것이 말이 쉽지 성인인 교사나 진행자로서는 훈육자로서 개입하고 싶은 욕망이 적을 수 없습니다. 그러나 문화예술교육 프로그램에서 중요한 것은 스스로 결정하고 실행하며 결과를 낸다는 것입니다. 지금 마음에 들지 않아도 기다려주고 믿어주는 것이 시작입니다.

또 하나 합리적 설명이 불가능한 것처럼 보이는 변화무쌍한 중학생의 내면도 고려해야 합니다. 다들 지나온 시절이라 다 아는 것 같아도 정작 짚어보려면 잘 모르겠는 것이 중학생 또래 친구들의 마음속입니다. 인과를 따지기도 어렵고 합리적인 경과를 파악하기도 어렵습니다. 그래서 보통은 '알 수 없다. 파악 불가능'이라 단정하기도 합니다.

그렇지만 상식적인 인과로 설명되지 않는다고 해서 인과가 없거나 그냥 '변덕'인 것은 아닙니다. 이들의 변화가 논리적이지 않다고 단정하거나 알 수 없는 것이라고 포기해서는 안 될 것입니다. 오히려 그 순간 그 안의 논리가 무엇인지 묻고 설명하고 이해하는 지난한 과정이 반드시 필요할 것입니다. 이야기배틀은 앞으로도 이를 잊지 않을 것입니다.

2015 오순도순 공부방
이야기배틀 시즌9

나, 이런 사람이야

발행일 2016년 2월 23일

지은이 이혜란, 윤진현, 오순도순공부방 중등부

펴낸곳 도서출판 다인아트

출판등록 1996년 3월 8일 제87호

인천광역시 중구 개항로 14 2F

TEL 032-431-0268 FAX 032-431-0269

E-mail dainart@korea.com / dainartbook@naver.com

인쇄 새한문화사

제본 과성제책

값 10,000원

ISBN 978-89-6750-031-3